「君が来てくれて
本当に助かったよ」
「……っ」
私、どうしちゃったんだろう。
殿方の前で涙を流すなんて、
はしたないと叱られちゃうのに。
「本当にありがとう、
ベアトリーチェ嬢」
……あぁ、そうか。
私は、誰かに認めてほしかったんだ。
成金とか、女とか、侯爵令嬢とか、
そんな型に嵌めた言葉じゃない。
私という個人と真正面から向き合い、
認めてほしかったんだ……。

ベアトリーチェ
Beatrice
アルフォンス
Alphonse
シェン
Shen
Characters
Narikin Reijo no
Shiawasena Kekkon

レノア
Lenore
ジョゼフィーヌ
Josephine
ジェレミー
Jeremy
パトラ
Patra

アルは私に手を差し伸べて、頭《こうべ》を垂れた。
「ベアトリーチェ・ラプラス嬢、
僕と結婚してください」

成金令嬢の幸せな結婚

～金の亡者と罵られた令嬢は
父親に売られて
辺境の豚公爵と幸せになる～

著×山夜みい
イラスト×桜花舞

第一章　成金《なりきん》令嬢は請求する

「聞け、ベアトリーチェ・ラプラス！　俺は貴様との婚約を破棄する！」

煌《きら》びやかな夜会が開かれているダンスホールは一瞬にして話し声が止《や》んだ。

バイオリンが不協和音を奏で、ピアノが重々しい低音を立てて止まる。

その場の高位貴族たちの視線を一身に集めたのは、彼らが決して無視できない男だった。

金髪をすべて後ろに撫《な》で上《あ》げた男はこの国の未来を担うクズ――じゃなかった、王太子。

「聞き間違いかしら、ジェレミー殿下。もう一度言ってくださる？」

私――ベアトリーチェは片肘を抱き、黒髪をくるくると弄びながら首を傾《かし》げる。

「先ほどの殿下の言い分では、私が誰かを虐《いじ》めているようですけど……」

ジェレミーの後ろには小動物のように震える桃髪の女がいる。婚約者でもないのに王太子の腕を取り、はしたなく自分の胸に押し付けているのは面と向かって話したこともない女だ。

それが誰かを私はもう知っている。

ジェレミーが私との約束をすっぽかしてこの女と会っていたのは知っているから。

だからこそあえて、何も知らない風を装って問いかけてみせる。

「一体、誰が誰を虐めて、なぜ殿下が私との婚約を破棄なさるとおっしゃるのですか？」

「とぼけるなっ！」

ジェレミーは眉尻を怒らせて私を指差した。

「貴様がここにいるレノア・ヒルトン子爵令嬢を虐めたことは調べがついている。曰《いわ》く――」

曰く、王宮ですれ違った時、下級貴族がここにいるべきではないと罵った。

曰く、生意気な目つきが気に入らないからと扇子で頬を叩《たた》いた。

曰く、野盗に金を払い、子爵令嬢を襲うように指示した。

曰く、曰く、曰く――。

殿下の語る私は弱い者たちを虐げ、贅《ぜい》を貪る理不尽な悪徳貴族そのものだった。

作り話もここまでいけば滑稽すぎて、呆《あき》れ果《は》てた私は言葉を失ってしまう。

その沈黙をいいように取ったのか、レノアはしおらしく涙を流してみせた。

「う、ううぁ……で、殿下。わ、わたくし、ほ、本当に怖くて……！」

「あぁ。可哀《かわい》そうなレノア。待っていろ、今、この女を断罪するからな」

「殿下。いいのです。本当のこととはいえ、わたくしにも至らないところはありましたから」

「あぁレノア。お前は優しすぎる。自分を虐めた女にそのような慈悲を……」

「……はぁ」

（婚約破棄を突きつけた女の前でいちゃいちゃする……？　どういう神経してるのかしら）

正直なところ、婚約破棄には今すぐイエスと答えたいのだけども。

もっと言えば一秒でも早くお別れしたいのだけど、貴族としての理性が私を押しとどめた。

私は三年前から王太子妃教育を受けてきて、ジェレミー殿下を支えられるように努力してきた。

それまでお父様の領地運営を手伝っていたせいもあって、ほとんど社交界に出なかった私は寝る暇も惜しんで教育を受け続けてきた。それこそ、周りの貴族に嫌なことを言われたことだってたくさんある。それらは全部、このクズを支えるためだった。

（だけど）

脳裏に過《よぎ》る、一人の女性の姿。

（もしもここで私が勝手に話を進めたら王妃様がなんて言うか……）

私はクズ王子と自分の婚約を進めた王妃のことを思い出して身震いする。

「……殿下。この婚姻は両家の契約に基づくものです。破棄ということなら互いの家に話は通しているのですか？　特に――ええ、特に、ジョゼフィーヌ王妃様には」

念のために王妃様を強調したのは間違いじゃなかった。

ジェレミーの眉がぴくりと動いたのを私は見逃さなかった。

「許可か。もちろん、取っている」

嘘《うそ》だ。間違いない。

宰相でもあるあの人はこんな、国のためにならないような茶番劇を許さないだろう。

ジェレミーは私から目を逸《そ》らしながらレノアの瞳をのぞきこんだ。

「どうあれ、両家の承認など必要ない。俺は目覚めてしまったのだよ、ベアトリーチェ」

「何にですか」

「真実の愛に。レノアこそ俺という存在を認めてくれる唯一の女性なのだ。そしてレノアにとっても、俺こそが彼女を幸せにできる唯一の存在。くだらない柵《しがらみ》は俺たちの障害にすらならん」

「あぁ、ジェレミー殿下。わたくしの瞳にはあなたしか映りません……！」

「レノア……!!」

（本当に何なのこいつら）

ひと目もはばからず抱き合い、額と額を合わせる二人。

口付けすら交わしそうな甘い空気を見ていたら、だんだん苛々《いらいら》してきた。

（そりゃあ、私とジェレミーは政略結婚だし、お互いに恋愛感情はないけど……）

ジェレミーとてアウグスト王国の未来を担う第一王子だ。曲がりなりにも王太子としての教育を受けてきたのだから、私との婚約がどういう意味を持つのか理解はしているはず。

確かに私たちは親同士が決めた婚約者として距離を保って付き合いをしていた。手を繋《つな》いだこともないし、プレゼントに自分の趣味とまったく逆な派手すぎるドレスを贈られたこともある。

私自身、王太子にときめいたことは一度もなかった。

それでも、政略結婚とはそのようなものではないか。

（ここで頷《うなず》いたら王妃様からどやされるのは私だと分かってるんでしょうね）

面倒だけど仕方ない。さっさと殿下を諭《さと》して別れさせよう――。

「そもそも俺は貴様を女として見たことは一度もない」

そう思っていたけど。

「貴様ときたらデートの時も節約したがるし、質素と倹約を好み、貴族にあるまじき所業を繰り返す。この俺がどれほど辟易《へきえき》してきたか――貴様に分かるか？　この成金令嬢めが」

ぷっつんきた。

我慢の臨界点を突破し、もはや理性では感情を抑えることができない。

――あぁ、もういいや。

両家の承認？　政略結婚？　王妃からのお叱り？

全部、どうでもいい。

元々私だって望んでいなかった婚約だ。

そんなに私と別れたいなら好きにすればいい。

成金令嬢？　上等よ。あなたが馬鹿にした女の怒りを見せてあげるわ。

「お話は分かりました。その婚約破棄、受けさせていただきます」

ジェレミー殿下はあからさまにホッとしたような顔をして、

「そうか、ならばこの書類にサインを――」

「で、いくらですか？」

うっふふふ！　その代わり、貰《もら》えるものは貰っていくけどね！

長年被《かぶ》り続《つづ》けてきた仮面をかなぐり捨てて、私は髪を耳に搔《か》き上げた。

「――……は？」

「だから、慰謝料ですよ、慰謝料。お分かりでしょう？」

パンパン、と扇子を手のひらに打ち付ける。

ジェレミーがぽかんと口を開けた鼻先に、扇子の先を突きつけた。

「私が王太子妃になるために投資した教育費、交際費、衣服代、時間、他の殿方とご縁を結べるだけの若さを無駄にしたことへの対価、婚約破棄後の保障、総じて私への損害賠償といったところですね。殿下から婚約破棄するのですから、もちろん払ってくれるのでしょう？」

「馬鹿なッ！　なぜ俺が貴様などに金を払わなければならない⁉」

「それが契約だからですよ。何のために婚約書類があると思ってるんですか？」

私は王太子に物怖《ものお》じせず言った。

この男は越えてはいけない一線を越えてしまった。もう気遣う必要も義理もない。

「い、いくらが望みなんだ」

「そうですね、大体これくらいでしょうか」

軽く計算した私は指を三本立てる。

「ふ、ふん。三〇万ゼリルくらいならくれてやる」

「いえ、桁が二つ抜けてます」

「は？」

「三〇〇〇万ゼリルですよ。乙女の青春を奪ったのですからこれくらい当然でしょう？」

「はぁぁああああああああああああああ⁉」

私はにんまりと笑った。

このクズ王子とお別れしてお金まで貰えるのだから、思わず笑顔が出てしまう。

（ふふふ！　三〇〇〇万あれば色々できるわ！　領地の街道を修繕するのもいいし、やりたかった事業を起こすのもいい。一割は孤児院に寄付しようかしら。平民の学校を支援するのもいいわね。あぁ、胸が躍るわ！　私の三〇〇〇万……！　ありがとう、殿下。婚約破棄、最高！）

浮き立つ感情を抑えながら私は羽根ペンを用意する。

「さぁ殿下。書類を渡してください。私、サインいたしますから」

「い、いや待て！　俺は絶対に払わんぞ！　そんな大金！」

その反応は想定内だ。

私はあからさまにため息をついて頬に手を当てた。

「……まったく、しょうがないですね。じゃあ三〇〇〇万でいいですよ」

「……っ」

ジェレミーの頬が引《ひ》き攣《つ》る。

（ふふ。まぁ三〇〇〇万が無理なのは最初から分かってたわ）

最初に無理な条件を吹っ掛けてから支払い可能な範囲に下げるのは交渉術の基本だ。

王家の資産額から見ても三〇〇万ゼリルは払えない金額ではないはず。

そんな金勘定をする私に、レノアは奥歯を軋《きし》ませて前に出てきた。

「――ふ、ふざけないでくださいっ！」

「あら、私は真剣なのだけど」

「あなたは、わたくしにあんなひどい真似《まね》をしておいて……さらに殿下にお金までせびるというの⁉　貴族の風上にも置けない方ね！　わたくし、一言謝ってくれれば許すつもりだったけど……殿下にそんな態度を取るなら考えがあります！」

「……うん、ちょっと脳内ピンク女は黙っててくれます？」

「ピ……⁉」

こんな公の場で、たかが子爵令嬢が王太子と侯爵令嬢の会話に割って入るなんてどうかしてる。

『私は礼儀作法もなっていない娘です』とこの場で公言しているようなものだ。

いくら王国で唯一の宮廷魔術師の娘とはいえ、やっていいことと悪いことがある。

まぁ、王太子は気にしていないようだけど。

（というかこの子、なんというか西方諸国訛《なま》りがあるような……まさかあちらの出身？）

私が怪訝《けげん》に思ってる間にも彼らのいちゃいちゃは続く。

「レノア、ありがとう。でもいいんだ」

「殿下……」

うっとりと見つめ合う二人にも、いい加減うんざりだ。

「二人の世界に入るのはあとにしてもらっていいです？　今は――」

「ベアトリーチェ。貴様の請求は却下する」

「……はい？」

（今、なんて？）

「契約書にはこうある。『どちらかに過失および婚約者としての資質を疑う欠陥がある場合は無条件で婚約を破棄できるものとする』。貴様はレノア子爵令嬢を虐める暴挙を働いた。よって、私の婚約者たる資格はない！」

「だから、それはそこの女が考えた冤罪《えんざい》だと何度言えば」

「――貴様の暴挙を見た者が何人もいるとしても？」

ジェレミーが後ろを振り向いた。彼に促されて出てきたのは年若い貴族たちだ。

「私、確かに見ました。ベアトリーチェ様がレノア嬢に足を出して引っかけていたのを」

「あの、俺も、レノア嬢に暴力を振るう現場に居合わせました」

「現場にベアトリーチェ様のハンカチが落ちていましたの。これはあなたのですわね」

男爵令嬢の一人が証拠品として提出したのは、確かに私のハンカチだった。

(失《な》くしたと思って気にしてなかったけど……まさか盗まれていたの？)

――やられた。ここまで周到に準備をしていたとは。

私が失態に気付いた時、既に周りはレノアに同情する空気になっていた。

「じゃあ本当にラプラス侯爵令嬢が？」

「あの成金令嬢のことだ。貧乏な子爵令嬢が近くにいることに耐えきれなかったんだろう」

「性格が悪いことで有名だったからな。あり得る」

「ヒルトン子爵令嬢、お可哀そうに……」

私はぐるりと夜会の会場を見渡して臍《ほぞ》を嚙《か》む。

(ここにいる人たち、よくよく見れば反王妃派の貴族たちばかりじゃない！)

明らかに仕組まれた罠《わな》。嵌《は》められたのだと悟った時にはもう遅かった。

「――でたらめです。私はそんなことしません！」

「言い訳はやめろ！　証拠は出揃《でそろ》っているんだ！」

いつの間にか、周囲が私を見る目は厳しいものに変わっていた。

誰も彼もがハンカチ一枚を証拠品として信じ、王太子の無作法を誰も止めようとしない。

それどころか、転落する侯爵令嬢をニヤニヤ笑っているような気さえしてくる。

「さぁ、この書類にさっさとサインしろ！　この成金女め！」

「お断りします。私は何も悪いことはしておりませんから」

ここは戦略的撤退だ。後ろから追いかけてくる声を無視して、私はその場をあとにした。

（さて、どうしようかしら）

私はジェレミーの馬鹿に突きつけられた書類を思い出しながら考える。書類には神殿の印章が入っていたから婚約破棄は確定したものといっていい。

成金女なんて馬鹿にされたけど、むしろ商売上手だという褒め言葉だと思ってる。私の悪評を広めてくれればくれるだけ、私の実績が強調されるのだから宣伝費用みたいなものだ。

というわけで今回の婚約破棄はむしろ喜ばしいことなのだけど……。

この婚約を取りつけた人がどう思うかが一番の問題だ。

（王妃様に連絡する？　いえ、あの王子の自爆に巻き込まれかねない……私が怒られるのも理不尽な話だし、あっちは任せて、私はお父様のほうに伝えなきゃ）

ここ最近、実父とは疎遠だけれど、ああ見えてやる時はやる男だ。

娘が夜会の場で恥を掻かされたとあれば、いくら疎遠になっていても動いてくれるはず。

（あのクズから慰謝料をたっぷりふんだくるのよ！）

——そう、思っていたのに。

◆◇◆◇

「とんだ恥を掻かせてくれたな、愚かな娘よ」

私を守ってくれるはずのお父様は、ありったけの苛立《いらだ》ちを込めて言った。

王都から馬車を五時間走らせたラプラス侯爵邸、その執務室だ。

洗練されたデザインで統一された執務室は小さい頃からよく出入りしているけれど、これほど寒々しいと思ったことはない。暖炉の薪がパチッと爆《は》ぜる音が響いた。

「お父様。あの、私はまだ何も言っていませんが……」

「王家から早馬が来た。既に事の次第は聞いている」

私は唇を噛んだ。到着してすぐ執務室に来たというのに、手遅れだったようだ。

（あの王子《クズ》……どこまで用意周到なの？　いくらなんでも早すぎるでしょ）

「子爵令嬢を虐めるとはな。『ラプラスの叡智《えいち》』と呼ばれて調子に乗ったか？」

「私はやっていません！」

濡《ぬ》れ衣《ぎぬ》を着せられたままじゃいられない。私は激しく抗議する。

「大体、本当に私がやるならバレないやり方で上手《うま》くやってます。まずは徹底的に財産を毟《むし》り取《と》り、貴族の位を剝奪させ、王家に相手の領地を接収させてから不正を暴いた証拠で褒美を貰います。ただ罵るとか、野盗に襲わせるなんて無駄です。そんなお金にならないこと、私がするわけ

「――」

「言い訳はもういい」

お父様は私に背中を向けて窓の外を見た。

「過程がどうあれ、お前のせいで社交界での信頼を失ったのは事実だ。この私がお前のために王家との縁談を取りつけたというのに、すべてを台なしにするとはな。この恩知らずが」

「そんな」

頑《かたく》なに私を悪者と決めつけるお父様に、私は声の震えを止められなかった。

「本当に、あんな戯言《たわごと》を信じているのですか……？」

「冤罪だろうがなんだろうが、お前が婚約破棄された間抜けなのは事実だろう？」

「私を……信じてくださらないのですか？」

「重要なのは結果だ。お前が失敗した事実は変わらない」

「ち、違います。そんなことを言ってるんじゃ」

(理不尽に尊厳を踏みにじられた私に、何か言うことはないの？)

(辛《つら》かったなって、俺がなんとかしてやるって、昔みたいに言ってよ……)

(一緒に慰謝料をせしめようって、そう言ってよ、お父様……)

お父様は窓の外を見るばかりで、私のほうを見もしなかった。

「婚約破棄された結果を覆せないなら、お前の言い分などどうでもいい」

「……」

いつから、こうなったんだろう。

伸ばせば手が届く場所にいるのに、お父様と私の間には深い溝が横たわっていた。

婚約破棄されたことより、お父様とここまで溝があるほうが私には堪えるものがある。

痩せ型の後ろ姿からはなんの感情も読み取れず、私は諦めまじりに呟《つぶや》いた。

「……そもそもこの騒動を知ったら王妃様が黙ってるとは思えません」

そう、私とジェレミーの婚約を望んだのは王妃様だ。

第一王子ジェレミー・アウグストは王妃の生んだ嫡子ではあるが出来があまり良くなく、武勇や知略に優れた第二王子を国王にと望む声が大きかったため、大商会を運営し、西方諸国連合との貿易を任されているラプラス侯爵家との婚姻を結ぶことで、経済面で優位に立とうという話だったはずだ。今は王妃が外交で西方諸国連合に出かけているけれど、帰ってきたらあの王太子は破滅する。その時こそ、ラプラス侯爵家が巻き返す絶好のチャンス。

事実で反論を組み立てた私は机に手をついた。

「お父様、時間を稼げますか。私がなんとかしてみせます。まずは味方の貴族を集めて……」

「もう遅い」

「え？」

お父様は窓の外を見たまま、一通の手紙を差し出してきた。

「読んでみろ」

どことなく嫌な予感を覚えながら、手紙を手に取る。

封蠟《ふうろう》を切り、中を見ると、そこには……。

「なんですか、これは⁉」

お父様は無慈悲に言った。

「それが王家の決定事項だ」


『化粧品開発費請求および商品売買の権利について』

ジェレミー・アウグスト（甲）とベアトリーチェ・ラプラス（乙）の婚約破棄に伴い、共同で進めていた今回の事業は終了とし、合同商会は畳むものとする。なお、今回の婚約破棄は乙の過失につき、本商品における全権利を甲が有し、開発にかかった費用はすべて乙が負担とするものである。よってここに鉱山掘削費をはじめとしたすべての費用五〇〇万ゼリルを乙に請求する。尚《なお》、支払い期限は本日より一ヵ月以内とし、支払えなかった場合は保証人である侯爵家に全額請求するものである。以下に該当事項を併記する。

『合同商会閉鎖時における事項』
・商会の名義はジェレミー・アウグスト（甲）・ベアトリーチェ・ラプラス（乙）の両名とする。
・万が一甲と乙に何らかの過失が生じた場合、全費用をすべて過失側に請求するものとする。

・なお、上記項目が履行される際、賠償金として未過失の側がすべての商品権利を有する。
※過失の定義：婚約破棄、名誉棄損、傷害事件、運用資金の横領など。

「こんなの、って……」

た、確かに私はこの事項が書かれた書類にサインした覚えがある。

当時は婚約破棄なんて想像していなかったし、過失なんてしないだろうと思ったのだ。

でも、これは冤罪で、最初に過失をしたのは向こうのはず。

何より許せないのは最後の項目だ。

『なお、上記項目が履行される際、賠償金として未過失の側がすべての商品権利を有する』

「……この事業を主導してきたのは私なのよ？」

——商品を考えたのも私。

——流通経路を確保し、関係各所に根回しを済ませたのも私。

——腕のいい職人を集めて一緒に商品を作ったのも私。

これはつまり、成果だけ盗んでやるから、費用は全部お前が持てってこと？

「あり得ない……」

「当然の話だが、我が家にこんな額を払う蓄えはない」

お父様は吐き捨てるように言った。

「この婚約破棄はお前が起こしたことだ。お前が責任を取れ」

「ま、待ってください。お父様。私は本当に何もしてないんです」

さっきからずっと、お父様は窓の外を見ている。

まるで私のことなんてもう興味ないとばかりに、体臭を隠す香水を手に取った。

「お前にはもう一度婚約してもらう」

甘い匂いを漂わせながら、辛辣な言葉を叩きつけてくる。

「……私を、売るつもりですか？」

「元よりお前が蒔《ま》いた種だ。当然だろう？」

お父様の狙いは、私の嫁入り先が出す支度金だ。

婚約破棄という傷がついたとはいえ、ラプラス侯爵家は依然として力を持っている。今後ジェレミーがどう動くかは分からないけれど、王妃と結びつきが強い我が家の影響力を考えれば私と婚約したいという家もあるだろう……第二夫人あたりにと望む男もいるかもしれない。

支度金は本来嫁入り道具を整えるためのお金で、実家側が使うのは論外なのだけど。

「幸い、我が家にはフィオナがいる。お前よりもよっぽど愛想が良くて、可愛《かわい》らしい子だ。あの子の婿を探して侯爵家を任せればいい……お前は、もう要らない」

要らない、要らない、要らない……。

お父様の言葉が頭の中で反響し、私は背中から崖に突き落とされた気分だった。

没落寸前の侯爵家を立て直すために奔走したあの時から——お父様の中に私の居場所はなかったのだ。思えば、家族らしい会話だって何年もしていないし、朝食の席で話しかけても上の空。妹のフィオナにだけ優しい態度を取るお父様を、見て見ぬふりしてきたツケがこれ。

たった一言で良かった。

——辛かったな、と。

——もう大丈夫だ。悪いのはあいつらだ、と。

お父様がそう言ってくれたなら、私は頑張れた。

でも……。

そして翌日。婚約破棄早々、私に新たな婚約の打診が来たのだ。

「新しい婚約先を取りつけたら知らせる。それまで顔を見せるな」

「…………分かりました」

(お父様にとって、私は要らない子なんだわ)

◆◇◆◇

「お姉様、聞きましたわよ！」

ばんっ!!　と扉を開いて現れたのは私の愛する妹だ。

お風呂上がりなのか、父譲りの淡い金髪に石鹸《せっけん》の匂いを纏《まと》わせた彼女は眉を怒らせながら、ドレスの裾を持ち上げて私の下まで駆け寄ってくる。

「婚約破棄の上に借金まで背負わされるなんて……身売りされるというのは本当ですか⁉」

私は思わず苦笑した。

「身売りって……まぁ、婚約支度金を貰うことを身売りというならそうだけれど、滅多なことを言うものではないわよ、フィオナ」

「言葉を繕って本質が変わるわけではないでしょう？」

「……まったく、あなたのそういうところは誰に似たのかしら」

「もちろん、お姉様です。わたしはお姉様のことを尊敬してますから……じゃなくて、話を逸らさないでください！　わたしはもう、そんなことで誤魔化される子供じゃありません！」

私はため息を吐いた。

「……あなたが聞いている通りよ」

「じゃあ本当に婚約を？　あの王子《クズ》に嫌がらせを受けたばかりなのに……」

フィオナは本気で悲しそうに肩を落とした。

「確かにお姉様はお金に厳しいし、ドが付くほどケチだし、時々変な顔もしますけど……」

「フィオナ？」

「だけど、とっても優しいのに……子爵令嬢を虐めるなんて、するはずがないのに！」

うるうると、目に涙を溜《た》めた妹の言葉に私は胸を突かれた。

「フィオナ……」

「それにお姉様が新しい婚約を受けたのも、わたしのためでしょう？」

「……まぁ、それもあるわ」

正直なところ、お金を返すだけなら新しい婚約を結ぶ必要はなかった。

なんとか時間を稼いで分割払いで返していけば、丸くおさまっただろう。

だけどそこで問題になるのが、翌年に控えたフィオナの貴族院入学だった。

貴族院の入学は高位貴族になればなるほどお金がかかる。

見栄《みえ》であったり舞踏会やお茶会の主催であったり、流行を生み出すためにドレスを何着も買ったり……正直、かなり洒落《しゃれ》にならない金額が必要なのだ。

本当は貴族院入学に備えて貯金をしておくものだけど……ラプラス領の経営は三年前まで火の車だったから、そんな余裕はなかった。そこに分割払いとはいえ借金返済まで加わったら、フィオナが貴族院に行けなくなってしまう。だから私はお父様の言いなりになるしかないのだ。

お父様がそこまで見透かして婚約を取りつけたことは、フィオナにも伝わっているはず。

証拠に、フィオナはぷんすか怒りながら頬を膨らませた。

「大体、お父様もお父様です！　なんでお姉様ばっかり責めるんですか！　へっぽこ泣き虫のへんちくりんのくせに、お姉様抜きで領地を経営できると本気で思っているのでしょうか！　あの女が夜逃げしてから、お父様はただ酒を飲むばかりで何も――」

「それ以上はダメよ、フィオナ」

私はフィオナの唇をそっと指で塞いだ。

――あんな人でもフィオナに父親の悪口は言わせたくない。

（本当はあなたも一緒に連れていきたいのだけど……）

これは私の詰めの甘さが招いたミスで、私の責任だ。

輝かしいフィオナの未来を奪ってはいけない。

「でも、でも……よりにもよって相手は豚公爵なんですよ⁉」

「……フィオナも知ってるのね。オルロー公爵のこと」

「噂《うわさ》くらいには…あの人は確かに先々代王弟殿下の直系にあたる方で、血筋としては申し分ないでしょうけど……体型は豚のように太く、権力に物を言わせる好色家で、今まで何人もの領民に手を出し、婚約者も複数逃げ出しているのだとか」

そうね。加えて言えば、公爵領は亜人たちが多く住まうため『亜人領』という蔑称がついている。公爵夫人として社交界に出ても馬鹿にされるだろうし、嫁入りは大変だ。

「フィオナ。会ったこともない人の悪口を言ってはいけません」

「でも……」

「『でも』じゃない。そういう悪口は……」

「お金を稼ぎたい時に、効果的に、秘密裏に、最も稼げるタイミングに使う、ですよね」

「分かっているならいいの」

まぁ、この教訓を活かせなかった結果が私なのだけど。

私はフィオナに自分の轍《てつ》を踏まないようにと、強く言い含めた。

「お姉様、本当に行っちゃうんですね」

「仕方のないことよ」

「お母様も、お姉様も、みんなわたしを置いて行っちゃう……」

「……いい、フィオナ」

私は膝を曲げ、フィオナを抱きしめた。

「私はあなたを世界一大切に思ってる、それは本当よ」

「……はい」

「お父様と一緒にいることに罪悪感なんて覚えなくていい。愛されているうちに、いっぱい甘えなさい。そしてできれば、侯爵領を良《い》い方向に導いてあげて。それができるのは……お父様に声を届けてあげられるのは、もうフィオナだけだから……」

「お姉様ぁ……」

ぐす、と鼻を啜《すす》って私の肩に顔を押し付けてくるフィオナ。

可愛い妹の甘えた姿に私は心が癒《いや》された。

「最後だし、今日は一緒に寝ましょうか？」

「うん！」

◆◇◆◇

翌日のことである。

オルロー公爵との婚約を受けた私は嫁入りの準備をしていた。

フィオナがいるとお父様の目が厳しいから、彼女は家庭教師とのレッスンの最中だ。

私は侍女たちと一緒に荷物を選別し、用意していたのだけど……。

「ベアトリーチェ。話がある」

「……お父様？」

突然、部屋にお父様がやってきた。

(私を要らない子呼ばわりしたくせに、今度はなんの用かしら)

警戒した私だけど、

「侯爵家からお前に侍女はつけない。それを伝えておこうと思ってな」

「え……？」

お父様から言われたのは、想像の斜め上を行く宣告だった。

「話は以上だ。では仕事に戻る。私はお前と違って暇ではないのだ」

それだけ言って出ていくお父様の背中を見ながら、私は心臓の上で拳を握りしめた。

（侍女を、つけない？）

（じゃあ私は見知らぬ土地で、誰にも頼れず……）

（たった一人で、公爵の元に行けっていうの？）

一気に顔から血の気が引いてしまう。

想像すればするほど怖くなって、私は慌ててお父様のあとを追いかけた。

「あ、あの、お父様！　侍女の一人もつけないというのは侯爵家の威厳に関わります！　せめて誰か一人ぐらいつけたほうがラプラス侯爵家の名も保たれるかと……！」

お父様は振り返り、

「知っているか？　侍女を雇うにも金が要るんだ」

幼子を諭すような甘ったるい声で、私を見下ろした。

「私とて、侯爵家の面目を保つために侍女くらいはつけたい。だが、お前が多額の借金を抱えたせいでそれはできないのだ。それとも、お前は侍女に給料を払えるのか？」

「それは……」

私は言葉を詰まらせた。

廊下にいた侍女たちを見るけれど、彼女たちは気まずげに目を逸らした。

それはそうだ。彼女たちも労働者。

給料が払えない貴族についていくほどお人好《ひとよ》しではない。

借金を払うのも、嫁に行くのも、侍女を雇うのも、生きていくのにもお金がいる。

お金がなければ、お父様から認めてもらうこともできない——。

(……本当に私を売り飛ばすんだわ。まるで、ダメになった商品を処分するみたいに……)

「……分かりました」

ため息。すべてを諦めた私は荷造りを再開しようと部屋へ戻った。

先代侯爵が亡くなった十年前に別邸から引っ越して以来、ずっと住み慣れた自分の部屋。

飾り気はないけれど、お母様と一緒に選んだ家具はすべて思い出の品だ。

できれば全部持っていきたいけれど、家具は向こうが用意するらしいし——。

「この部屋ともお別れね……」

胸の中にぽっかり穴が空いたような気がした私は俯《うつむ》いて、
ゾ、と背筋に悪寒が走った。
「き、きゃぁああああああああああああ！」

黒い何かが、床でもぞもぞと動いたのだ。

「だ、だだだだだだ誰か、取って、アレ、取って!!」

「お嬢様、お下がりください！」

「いや、なんか飛んで、こな、来ないで、虫だけは、虫だけはあぁあああああ!!」

侍女たちも慌てる中、私の危機にいち早く駆けつけたのは犬耳を揺らした侍女だ。

「あ、お客様ですね。お帰り願いましょう」

侍女はハンカチで黒いお客様を包んでから、窓の向こうへお見送りした。

羽音が聞こえなくなった私はぺたんと床に尻もちをついてホッと息をつく。

「お嬢様、大丈夫ですか?」

私よりも小柄な体軀《たいく》の侍女が手を差し伸べてくる。雪色の髪がさらりと揺れた。

まあるいエメラルドの瞳をぱちぱちさせたこの子は、私が一番信頼している侍女だ。

「シエ、シェン。ありがとう、助かったわ」

「いえいえ、この程度」

シェンのお尻に生えた尻尾が左右に揺れる。

(か、可愛い……!!　もふもふ……もふもふがそこに……!)

あまりの可愛さに興奮してしまう私と違い、周りの侍女たちは冷ややかだ。

「シェン、あっちに行ってもらえる?　お嬢様は忙しいの」

「そうよ。獣臭いのが移るわ」

「……かしこまりました。先輩方」

他人行儀にお辞儀をして去っていくシェン。

主人の前で平気な顔をして同僚を虐める侍女たちを前に私は立ち上がった。

「あなたたち。私の前でシェンを虐めるとはいい度胸ね？」

「い、いえ、だってお嬢様……彼女は亜人ですよ？」

「そうね」

亜人。獣と人が混じった人々のことをそう呼ぶ。

人型の、獣と近い容姿を持つ種族である。人とは違う特徴を持つ彼らを蔑む者たちは多い。つい六年前など、奴隷じみた扱いに耐えかねた亜人たちが内乱を起こしたほどだ。

シェンは耳と尻尾が生えてるだけで人に近いけれど、亜人であることには変わりない。

「で、亜人だから同僚を虐めていいの？」

「……申し訳ありませんでした」

頭を下げてはいるけれど、反省の色はまったく見えない。

（……やっぱりこの人たちは侯爵家とは合わないわね）

特に亜人戦争で被害に遭った人たちは亜人を嫌悪している。彼女たちがそうかは分からないけれど、王妃の紹介で雇った侍女は亜人蔑視が強すぎる。

王妃の顔を立てるために、シェンを筆頭侍女にできなかったことが悔やまれるわ。

（それでも私はシェンの主人だもの。ちゃんと言わなきゃ）

「あなたたちが謝る相手は私じゃなくてシェンじゃないの？　もう荷造りはいいわ。私一人でやるから、あなたたちはシェンに謝ってきなさい。今すぐよ。分かったら行きなさい」

「…………かしこまりました。お嬢様」

明らかに納得していない侍女たちは静かに部屋を出ていく。

ため息を吐いた私が荷造りをしようとすると、扉越しに彼女たちの囁《ささや》き声《ごえ》が聞こえた。

「お嬢様って、亜人好きの変人よね。気持ち悪い」

「お金にがめついし、けちだし、婚約破棄されたのも無理はないよね」

「しっ、聞こえるわよ」

「別にいいわ。明日には出ていくんだし。むしろ早く消えてくれないかしら」

当主から追放まがいの扱いを受け、婚約破棄をされた女。子爵家や男爵家といった貴族出身の侍女たちにとって、私は敬うに値しない女なのだろう。

女としての価値でいえば、私の価値は相当に低い。ただ……。

「三ヵ月前、そのお金にがめつい女から喜んでボーナスを受け取っていたのは誰かしら」

私は負けじと悪態をついて、作業に戻る。

櫛《くし》は必要よね。あと帳簿、お母様のドレスと、それから……。

それ、から……。

「はぁ……」

一人きりの室内は寂しくて、持ち出す荷物たちを考えるのも面倒になってきた。

――どんなに頑張っても、誰も認めてなんてくれないのに。

なんだか虚《むな》しくなってきた私はベッドに飛び込み、少しだけ枕を濡らした。

第二章　救いの在《あ》り処《か》

嫁入りの準備に三日をかけ、私は侯爵家の門前に立っていた。

見送りにはフィオナをはじめ、侯爵家の侍女たちが居並んでいる。

当然のようにお父様の姿はなかった。

「お姉様、本当に行っちゃうんですか……？」

「ごめんね。できればあなたが貴族院に入るまではいたかったんだけど」

「……そんな、わたしのことはどうでもいいんです！　おね、お姉様が……」

フィオナは感極まったようで、わっと泣き出してしまった。王妃様の紹介じゃない古株――ラプラス家に長年仕えてくれている人たちも、私との別れを惜しんで涙を流してくれる。

（……馬鹿ね。涙なんて一銭の得にもならないのに）

それでも嬉《うれ》しくなってしまうのだから、私も馬鹿だ。

「お父様をよろしく、フィオナ。あの人は酒に弱いからあんまり飲ませちゃダメよ」

「ぐす。あんら、お姉様の見送りにも来ないロクデナシなんでぇ……」

「フィオナ」

「あんな、宝石のない宝石店みたいな殿方なんでぇ……！」

「上品に言い直せばいいってものじゃないのよ？」

大事なものが欠けた人って言いたいんだろうけど、まったくこの妹は。

「ぐす、うう……て、手紙」

フィオナは侍女に涙を拭いてもらいながら腫れた瞼《まぶた》を持ち上げて、

「手紙っ、絶対書いてくださいね。書いてくれなかったら攫《さら》いに行きますから！」

「攫ってどうするのよ」

「わたしがお姉様と結婚します！　一生幸せにしますから！」

（この子、勇ましすぎないかしら？）

気持ちは嬉しいけど、色々問題がありすぎるので絶対に手紙を書かないと。

私は苦笑しながらフィオナの頭を撫《な》で、馬車に乗り込んだ。

これから一人で公爵領に向かうのだ――そう思っていたのだけど。

「お嬢様、失礼します」

「え？」

馬車に乗り込んで対面に座ったのは犬耳の少女――。

「シエン？　どうして……」

「私もお供させていただきます。よろしくお願いしますね」

「ダメよ、付いてきたら……」

一度没落寸前まで堕《お》ちたラプラス侯爵家は限界まで侍女を解雇していて、屋敷《やしき》はギリギリの人数で回している状態だ。シェンは亜人として差別されているけれど、屋敷の立派な戦力である。

「あなたは残っていいのよ。わざわざ辺境についてくることないわ」

「いいえ、もう辞表を出しましたので」

「は？」

唖然《あぜん》としていると、シェンはにっこり笑った。

「私がお仕えしているのは侯爵家ではなくお嬢様ですから」

「お給金を払っているのは侯爵家よ？　私は今、自分のお金がなくて……」

「出世払いでお願いします！」

向こうで落ち着くまで待ってくれるということか。

それだけの価値を私に感じてくれているのだとしたら、ちょっぴり嬉しい。

私は思わず笑みをこぼして言った。

「無償で働かせてくれなんて無責任なこと言ったら叩《たた》き出《だ》してたわ」

「………はい！」

え、何。今の間。

もしかして言おうとしてたのかしら？

「シェン・ユーリン？」

「御者さん、そろそろ出発してください」

「主《あるじ》の話を無視するなんて、あなたの耳も都合が良《い》いわね」

「ふふ。お嬢様の侍女ですから」

「本当に口が上手《うま》くなって」

貧民街に打ち捨てられていたシェンはどこに行ったのかしら。

ともあれ、私たちを乗せた馬車はこうして走り出す。

フィオナに手を振りつつ、どんどん遠ざかる屋敷の姿を、私はしばらく目に焼き付けていた。

「また戻ってきましょうね、お嬢様」

「……そうね」

一人じゃない。そう思うだけで元気が出てきた。

――前を向かないと。

――悔やんだってどうにもならないんだから。

パシ、と両手で頬を叩いた私は明るい口調で問いかけた。

「オルロー公爵の領地はソルトゥードだったわね？」

「はい」

ソルトゥード。デリッシュ帝国との国境に接している、領地の大部分が荒野の辺境だ。

とにかく魔獣がたくさん徘徊《はいかい》していて、元々は帝国から逃げてきた元奴隷の亜人たちが住み着いていた場所なのだが、良質な魔石鉱山が発見され、我が国——アウグスト王国が攻め込んだ。だから、亜人たちの人族への反感は強いらしい。

領地を豊かにするにはまずそこをどうにか——。

（……ってダメだわ。もう私にはなんの権限もないのに）

私が経営するわけでもないのに、ついつい領地のことを考えてしまった。

ラプラス領とは違うのだから、口出しするわけにはいかない。

（それに、お金のことで口出しして婚約破棄されたばかりじゃない。何やってるのよ、私）

あんなことがあったばかりだ。我ながら少しは懲りなさいと思ってしまう。

「どんな方なんでしょうね。オルロー公爵という方は」

「私も対面したことはないのだけど……」

この前フィオナが話していたような噂《うわさ》は私の耳にも入っている。

婚約破棄されたばかりの私に婚約を打診するくらいだから、まともな性格じゃないのは確かだろう。

（女癖が悪いだけならまだしも、特殊な性癖の持ち主だったらどうしようかしら）

さすがに夜のことはまだ考えたくないけど、想像すると憂鬱になってしまう。

それが顔に出てしまったようで、シェンは気を遣ったように身を乗り出した。

「お、お嬢様、私、部屋の外で控えてますから……何かあったら呼んでくださいねっ」

「結構よ。公爵に逆らったらあなたもタダじゃ済まないわ。気持ちは嬉しいけど」

「お嬢様……おいたわしや。婚約破棄されたばかりの身の上で鎖で縛られるなんて……」

（どんな想像してるのよっ？）

私たちを乗せた馬車は宿場町を経由して三日かけてオルロー公爵領に到着する。

私とシェンは二人で横に並び、車窓からソルトゥード《公爵領》の景色を見ていた。

「びっくりするぐらい何もないわね……」

「ですねぇ……」

地平線いっぱいまで、ひたすら荒野が広がっている。

かといって完全に作物が育たないわけではないのか、亜人たちが畑を耕しているのが見えた。

と、その時だ。

「――――――――――っ!!」

けたたましい鳴き声が響きわたり、私とシェンは揃《そろ》って肩を跳ねさせた。

「い、今のは⁉」

「魔獣が現れました！　お嬢様、そこから出られませんよう！」

御者の声が聞こえた私は目を見開き、車窓から外をのぞき見る。

黒い獣がいた。四足で巨体を支え、牙の生えた口元から蒸気を吐き出す。

虎と熊を足して割ったような、おぞましい異形の姿。

「王虎《おうこ》……!!　よりによって、手強《てごわ》い相手が現れたわね」

人間に好戦的で、作物を荒らすことで有名な魔獣だ。

私はサッと頭の中で計算する。馬車を囲むようにいる護衛たちの数は七人。

通常、中隊規模で倒す王虎を相手取るには心もとないか。


「────っ!!」

獰猛《どうもう》な叫びをあげる王虎の様子に、護衛たちはすっかり怯《ひる》んでいた。

「お、お嬢様。わ、私がお守りしますので、そ、そそそ外に出ないように……!」

「ありがとう、シェン。まずは落ち着きなさい」

窓の外を見た時に、私は魔獣と同時にもう一つの集団を目にしていた。

「向こうの騎士団が来てくれたわ。私たちは大丈夫よ」

「──せやぁぁあああああああああああああ!!」

王虎に突撃する獣じみた咆哮《ほうこう》が、馬車の中にまで聞こえてきた。

見れば窓の外、荒野を巡回していたと思《おぼ》しき騎士たちが王虎を取り囲んでいる。

騎士団の全員が亜人族だ。代表らしき兜《かぶと》をつけた熊人の男が御者に先へ行けと促す。

すぐに馬が走り出し、王虎と騎士たちの姿は見えなくなった。

「や、やっぱりオルロー公爵領にも魔獣は出るんですね……」

「むしろ今まで遭遇しなかったことが奇跡ね。きっと頻繁に巡回しているんだわ」

そしてそれは、それだけ街が近くなったという証拠でもある。

私の予想通り、それから五分も経《た》たずにオルロー公爵領の街に入った。

周囲に活気の二文字はなく、寂れた街という印象が強い。

先ほども魔獣に遭遇したことだし、畑を荒らされて食糧自給もままならないのだろう。

領民たちはどうにか食いつないでいるのかもしれない。

――だけど、私はちょっぴり安心していた。

「なんか、思ったほど治安は悪くなさそうね？」

道中、馬車が野盗に襲われることもなかったし、物乞いが徘徊しているわけでもない。路地裏にもちゃんと兵士が歩いていて、治安を維持しようという気概を感じる。それどころか、

（も、もふもふがいっぱい……！　ふぁぁあ、あの子なんて狐耳《きつねみみ》で尻尾がふさふさ……！　なんてことなの。ここはもふもふの楽園かしら⁉　触りたいしゃぶりたい撫で撫でしたい……‼）

鼻息を荒くしていた私はハッ、と我に返った。

もふもふに興奮している間に街の一番奥に着いてしまったらしい。

「お待ちしておりました。ラプラス領の方々」

既に街の門番が知らせていたのか、門前にいたのは恰幅《かっぷく》のいい貴族服の男だ。

その後ろに執事や侍女が控えていることからも、彼がこの館の主だろう。

――どうやら、豚公爵の噂は本当だったらしい。

◆◇◆◇

白金色の短髪にエメラルドの瞳、そこだけ見れば眉目秀麗だけれど、他がすべてを台なしにしている。体格はもちろん、二の腕は太いし、お腹《なか》も出て、ぽっちゃり体型を隠せていない。

「アルフォンス・オルロー公爵でお間違いありませんか？」

「いかにも。僕がこの街の領主だ」

たぷん、とお腹を揺らした公爵様を見てシェンの顔が引《ひ》き攣《つ》る。

私は横目で侍女を小突き、公爵に向き直った。

「お初にお目にかかります。ラプラス侯爵が長女、ベアトリーチェ・ラプラスと申します」

「ようこそ。来てくれてありがとう」

あら？　とても丁寧な、物腰の低さを私は意外に思った。

婚約の内容が内容だし、もっと横柄な態度を取られるかもと思っていたのだ。

「お荷物を、亜人のレディ」

「あ、ありがとうございます」

戸惑ったように荷物を渡すシェン。

（なるほど。女をとっかえひっかえ、ね）

侍女にも優しくする態度は好ましくもあり、僅かに女慣れも感じる。

シェンが荷物を渡すと、公爵様はそれを執事へそのまま渡す。

あまりに少ないのを怪訝《けげん》に思ったのだろう。彼は私の後ろをのぞいて首を傾《かし》げた。

「荷物はこれだけかい？」

「ええ。家具はそちらで用意してくださるということでしたから」

借金返済のためにできるだけ売り払ったのが本当のところだけど。

「そっか。もちろん、こちらで用意しているよ」

公爵様はいちおう納得してくれたらしい。

（根がいいのか、愚かなのか、判断がつかないわね）

今のところ噂のような悪辣さは感じないが、婚約破棄されたばかりの女に婚約を打診するくらいだ。しかも『成金令嬢《なりきん》』に求婚するくらいだから、よほどの変わり者には違いないだろう。

「では行こうか」

公爵様は大きな手を差し出して言った。

紳士的な態度をやはり好ましく思いつつ、私はその手を取る。

「ええ。案内してくださると嬉しいわ」

「……」

「オルロー公爵？」

私が手を乗せても一向に動かず、呆《ほう》けた顔で口を開ける公爵様。

怪訝に思って問いかければ、彼は我に返ったように動き出す。

「し、失礼。その、少し驚いた」

「驚いた？」

「気を悪くしたなら謝るよ。じゃあ、今度こそ行こうか」

私は城下町の治安の良さから、公爵城もそこまで悪くないのではと予想していた。

だけれど案内された公爵城はなんというか……噂以上に悪かった。

「……えぇっと。ここに住んでいるのですよね？」

「あはは。まぁ、お恥ずかしい限りだ」

（そうでしょうね）

言葉にこそ出さないものの、思わず頷《うなず》いてしまう。

元は色とりどりの花々が咲き誇っていたのだろう城の前庭は、今や雑草だらけで見る影もない。

城の窓ガラスは割れており、玄関ホールには絨毯《じゅうたん》も敷かれておらず、調度品の一つもないのは仕方がないにしても、壁の一部が崩れていて、瓦礫《がれき》がそのまま転がっている状態だ。

（まるで、戦争跡の廃墟《はいきょ》をそのまま使ってるみたいね）

「……掃除はできていませんの？」

公爵様はバツが悪そうに目を逸《そ》らした。

「それが……使用人の数を最低限にしていてね。そこまで行き届いていないんだ」

聞いたところによれば、この広い公爵城を三人の侍女で回している状態らしい。

確かにその程度の人数なら廃城のようにもなるか……なるかな？

「私と結婚する前に城のほうを直したほうがいいのでは？」

特に今回はラプラス侯爵家が長女を売り渡すような体なのだし。

このような有様《ありさま》で五〇〇万ゼリルもの金を支払えるのか、甚《はなは》だ疑問である。

「正直、僕もそう思うけれど……ただ、公爵家としての世継ぎを残すほうが重要だとみんなに言われてね……ほら、僕もそろそろ年齢が年齢だしさ」

「確か……今は二十六歳でいらっしゃったかしら？」

「うん」

私の八歳上か。二十六で未婚なら、立派な行き遅れ男子だ。

オルロー公爵家は先々代王弟殿下の直系にあたるから、血筋的にも半端な家柄の者を迎えるわけにはいかないんだろう。王家が本当にどうしようもなくなった時には、王位継承権すら発生する家柄なのだ。五〇〇万ゼリルは公爵家として必要な経費なのかもしれない。

（私だったらそんなお金にならない因習、ドブに捨ててしまうけど）

「では、掃除用具はありますか？」

「え？　もちろんあるけど……」

「私が掃除します」

「……君？　本気で言ってる？　僕が言うのもなんだけど、結構ひどい有様だよ」

「はい。何か問題でも？」

城を修繕するお金がなくても、掃除くらいはできるはずだ。

私がそう告げると、なぜかその場は水を打ったように静まり返った。

「……どうしたのかしら？」

公爵様は「ごほん」と咳払《せきばら》いした。

「そりゃあ、嫁入りに来た貴族の令嬢が掃除するなんて言い出したらみんな驚くよ」

「あー……なるほど」

確かに、侯爵令嬢が掃除をすると言い出すのは普通ではないかもしれない。

「仮にもここの女主人となるのです。掃除道具の場所くらい把握しておくのが当然でしょう？」

「……そっか。分かった」

公爵様は嬉しそうに微笑《ほほえ》んだ。

「あとで侍女に教えるよう言っておく」

「はい。あの、ちなみに寝室は……」

「あぁ、大丈夫。ここが一番ひどいから。そっちはちゃんと片付いてるよ」

私はホッと胸を撫でおろした。

さすがにここのような部屋で寝られる気はしないから。

「まだ知り合ったばかりだし、とりあえず部屋は別にしておくよ」

今度はこちらが驚く番だった。

「別でいいのですか？」

「もちろん、婚約者といっても、今は他人だしね」

そうはいっても今は結婚前の準備期間のようなものだ。貴族院に入っているような子供ならまだしも、大人になった婚約者同士なんて同室にされてもおかしくないのに。

なんだか自分が大切にされているような気がしてムズムズした。

「えっと……お気遣いありがとうございます」

「うん？　よく分からないけど、どういたしまして」

公爵様は少年のように笑った。

噂とは違いすぎる彼のギャップに、私は思わず口元を緩めた。

（女好きっていう噂だけど……そういうところはちゃんとしているのね）

まぁ私自身、ロクでもない噂を流された当事者だ。

まだよく知らないけれど、なんだか上手くやっていける予感がした。

「これからよろしく、ラプラス嬢」

「こちらこそよろしくお願いいたします。公爵様」

◆◇◆◇

アルフォンス・オルローは掃除道具を取りに行く侯爵令嬢の姿をじっと見ていた。

赤紫色のドレスは派手すぎず、かといって地味すぎない絶妙な塩梅《あんばい》。

彼女の気の強さを証明しているような色だが、その姿は、あまりにも。

（あれが……ラプラス侯爵家にその人ありと謳《うた》われた天才令嬢にして、噂の成金令嬢か）

「噂とは当てにならないものですなぁ」

口元の髭《ひげ》を撫でながら、筆頭執事のジキルが言った。

「君もそう思うかい、ジキル」

「はい。ラプラス侯爵令嬢といえば莫大《ばくだい》な富を笠《かさ》に着たわがまま娘で、人に偉そうにするくせに自分は動かないだとか、常に上から目線で爵位が下の令嬢を虐《いじ》めているとか、およそ聞くに堪えない所業が聞こえてきたものですが。いやはや、坊ちゃまにはもったいないご令嬢ですなぁ」

先代の頃から仕えてくれていることもあって、言葉遣いは砕けている。

幼い頃は爺《じい》やと呼んで慕った男に、アルフォンスは「ジキル」と公爵として呼びかけた。

「ふぉっふぉ。ええ、分かっておりますよ」

歴戦の老執事は微笑み、恭しく腰を曲げる。

「このジキル、全霊を以《もっ》て噂の真相を調べましょうとも」

「頼めるかな」

「もちろんです。と、言いたいところですが……」

老執事は首を傾げた。

「身の周りは調査済みでしょう。先方から頂いた情報にも不審な点はありませんが？」

「分かっている。知りたいのは、彼女の婚約破棄を受けてあの方がどう動くかだ」

「それは……骨が折れる仕事ですな。そこまで気に入られましたか。ラプラス令嬢が」

「……そんなに早く女性に惚《ほ》れるほど軽い男じゃないよ」

ただ、と彼は続ける。

「僕のこの見た目で、エスコートを嫌がらなかったのは彼女が初めてだ」

「さようでございますか」

使用人のするような仕事を嫌がらず、自ら掃除道具の場所を聞いたことも好感を覚えた。

ただそれだけのこと——しかし、誰でもできることではないのをアルフォンスは知っている。

「今夜は彼女の好物を用意するように。皆、礼を以て接しなさい」

「「仰せの通りに、旦那様」」

「任せたよ」

◆◇◆◇

私の部屋に、と用意されたのはかなり上等な部屋だった。

キャビネットや本棚はオーク材で統一され、いくつもの引出しがついた化粧台には使いやすそうな鏡も付いている。ベッドは沈み込みそうなほどふかふかだ。

玄関ホールや外観が廃墟じみていただけに、思わずあちこち見てしまう。

「侯爵家の部屋とそう変わらないわね……？」

「むしろ寝具などはこちらのほうが上等ですね」

「そ、そうね」

「わぁ、お化粧台もありますよ、お嬢様！　これでいっぱいお化粧できます！」

嬉しそうに尻尾を揺らすシェンに私は苦笑をこぼした。

「もう。私、お化粧はあんまりしないって知ってるでしょ」

「お仕事用のお化粧はそうかもですけど、プライベートは別ですよね？」

「まぁ……そうね」

「これからは侯爵様の仕事をしなくていいんですから、いっぱい遊びましょうよ！」

無邪気に笑うシェンが可愛《かわい》くて、私は思わず頷いていた。

「まぁ、あなたがそう言うなら」

「やった！　ふふ。私、頑張っちゃいますから！」

ぴょんぴょんと尻尾を揺らすシェンを見るとむずがゆくなってしまう。

専属侍女としてついてきてくれたシェンには感謝をしているし、彼女が喜んでくれるなら、多少は苦手なことも頑張るつもりだ。

(領地の仕事をしなくていい、か……女主人って何をするのかしら)

公爵様がいつ頃に籍を入れるつもりかは分からないけれど、いずれは仕事もするだろう。

王太子妃教育を受けてきたことが活《い》かせればいいんだけど。

(って、また仕事のこと考えちゃってるわ……もう病気ね)

思わず苦笑した時、ノックの音が響いた。

シェンが応対し、扉から顔をのぞかせた彼女が「分かりました」と返事をする。

「お嬢様、私に侍女としての説明があるようなので……」

「ええ、分かったわ。いってらっしゃい」

「長旅でお疲れでしょう。お嬢様はゆっくり休んでくださいね」

公爵城の荒れ具合で忘れてしまっていたけれど、確かに慣れない馬車旅と、来て早々の掃除で身体《からだ》がだるかった。お言葉に甘えてベッドに横たわると、すぐに眠気が襲ってくる。

うとうとする間もなく、私の意識は眠りの世界に旅立っていった。

シェンに起こされたのはすっかり日が暮れた頃だった。

軽く身なりを整え、シェンと共に一階のダイニングへ赴いた。

公爵様は先に席についていて王都の新聞を見ていたが、私に気付いて顔を上げた。

「おはよう。寝心地はどうだった？」

「大変よかったです。私にはもったいない部屋でした」

「それは良かった」

公爵様は満足そうに頷いた。

使用人たちがカートを運んできて、次々と料理を配膳していく。

「今日は砂鶏《すなどり》のラグーを用意したよ。お口に合うといいけど」

「まぁ」

ほかほかの湯気を立てたスープには砂鶏の肉が浮いている。瑞々《みずみず》しいサラダ、焼きたての黒パン。と、これが今晩のメニューだ。公爵家にしては質素な食事だけど……。

(夕食ってこれくらいがいいのよね。他の貴族が食べすぎなのよ)

それに、嬉しいこともあった。

「私、砂鶏のラグーが好物なんです。さっぱりしていて栄養もあるし」

「美味《おい》しいよね。偶然だけど、喜んでもらえて良かった」

「はい」

一緒に食前のお祈りをして、改めて砂鶏のラグーを見つめる。

甘い香りを嗅ぐと、食欲がむくむくと湧きあがってきた。

乳白色のスープの上にキャロットや小キャベツ、ブロッコリーなどが浮かぶ。

メインの砂鶏肉はこんがりと焼かれていて、ほかほかと湯気を立てている。

(美味しそう……)

スプーンを入れて、頬張る。

「~~~~~っ」

貴族らしくないけど、思わず足をばたばたと動かしたくなる美味しさだ。

牛乳は濃厚だし、お肉はぎゅっと引きしまっていて嚙《か》みごたえがある。

野菜は別々に下ごしらえしてあるのか、それぞれの食感があって嚙むのが楽しい。

強張《こわば》りきった身体の緊張がほぐれていくのが自分でも分かった。

「ぷはぁ……」

「ふふ。気に入ってもらえたようで何よりだよ」

甘い微笑みを浮かべた公爵の言葉に、私は顔が熱くなって俯《うつむ》いた。

スープ程度をこんなに堪能《たんのう》してしまうなんて侯爵令嬢らしくなかったかもしれない。

(でも、本当に……こんなに美味しいの久しぶり)

侯爵家で食べ物に不自由していたわけではない。

むしろ庶民の暮らしからすれば考えられないほど恵まれていただろう。

だけど、ここまで心に染み入るような料理を食べたことがあっただろうか。

「歓待していただき、ありがとうございます。公爵様」

自然と笑みが出てきた。

公爵様は一瞬目を丸くして、

「……君は、笑顔が素敵だね」

「え？」

「あ」

「「……」」

「す、すまない。なんでもない」

「は、はい……」

生温かい空気が流れて私はいたたまれなくなった。

いいえ、別に公爵様が私を女として見てるなんて自惚《うぬぼ》れはしないけれど。

（素敵だね、だって）

噂の真偽はともかく、この人は女たらしの素養がある。

そうじゃなければこんなにもドキドキするなんてあり得ないだろうから。

私は顔の赤みを隠すように、食事を進めることにした。

(――長い、一日だったわ)

和やかな夕食が終わり、寝室に帰るとホッと息をつく。

侯爵家を出て馬車の旅を終え、廃墟じみた公爵城に迎えられた。言葉にすればそれだけのことなのに、疲労感が半端ない。さっきひと眠りしたばかりだけど、今にも眠れそうだった。

「お疲れさまでした、お嬢様」

「……ん。相変わらず美味しいわね」

シェンの淹《い》れてくれたお茶を飲むと、身体から力が抜けていく。

まだ来たばかりの部屋でも、よく見知った相手だけの空間は落ち着くものだ。

「シェン。ありがとう」

「え？」

「ほんとはね。不安だったの。あなたがついてきてくれて、その……嬉しいわ」

(う。ちょっとらしくもないこと言っちゃったかしら……)

気を遣わせてしまうかもしれない。そう思って顔を上げると、シェンの表情はじわじわと綻び、ぱぁ、と弾《はじ》けるような笑みを浮かべた。

「はいっ！　私もお嬢様にお仕えできて幸せです！」

「あ、ありがとう。だからその……今日もいい？」

「うふふ。はい！」

シェンは嬉しそうに私のところへやってきて、ちょこん、と膝の上に座る。

小柄な彼女の、ぴょこぴょこ動く耳の縁を触ると、「んひゃゃぁあ」とシェンが鳴いた。

「お嬢様、相変わらず撫でるの上手すぎですぅ……」

「そうかしら？」

「そうですよ……こんなの、すべての亜人がひと撫でで堕ちますもん……」

「あなたが喜んでくれたら私も嬉しいわ」

「えへへ。やったぁ……」

不安になった時、辛《つら》い時、こうしてシェンを愛《め》でるのが私の心の癒《いや》しだった。

ふさふさの尻尾が頬に当たる感触も、実はかなり気に入っている。

ラプラス家にいた頃は他のメイドの手前、あんまりできなかったけれど……。

「シェン。あなたは公爵様のことどう思った？」

「んー……悪い匂いはしませんでしたぁ」

「そうよね？」

私は頷きながら、『豚公爵』と悪名高いオルロー氏とのやり取りを思い出す。

フィオナも言っていた通り、彼にはさまざまな悪評がついていた。

婚約者が逃げ出したとか、短気で好色家だとか、傍若無人だとか……。

色々と聞いていたけれど、やっぱりほとんど嘘《うそ》なんじゃないかと思う。

（まぁ、好色家という噂は本当かもだけど……女慣れしてる感じあるし）

公爵となればその権力だけで寄ってくる者も多いから、あしらいに慣れもするだろう。

私が一人で納得していると、シェンはおそるおそる口を開いた。

「これ、内緒だって言われたんですけど……」

「ん？」

「実は公爵様に、お嬢様の好きなものを聞かれたんです」

「……あ、だから砂鶏のラグーが出てきたのね？」

「はい」

シェンが言っているのは、私が寝ている時の話だ。

屋敷を案内してもらっていたシェンは公爵様から私の好きなものを聞かれたらしい。

驚かせたいから内緒だ、と念押しされていたようだけど。

『美味しいよね。偶然だけど、喜んでもらえて良かった』

（何が偶然よ……自分で聞いたんじゃない）

あんな風に隠さなくてもいいのにと思いつつ、

（でも……悪い気はしないわね）

気取らずに私を気遣う公爵様の態度に思わず好感を覚えてしまう。

好色家の真実味が増してしまうが、嬉しいことは嬉しいのだから仕方ない。

(ふふ。なんだか面白いわ。不思議な人)

ハッキリ言って外見は豚公爵と呼ばれてもおかしくはない。

だけど、丁寧な物腰と私に見せる気遣いは紳士的で――。

かと思えば好色家らしい女慣れしている感じもある。

(せめてあの人の足手まといにはならないようにしないと、ね)

「シェン。明日は一緒に掃除しましょうね」

「はいにゃぁ……」

うふふ。犬の亜人なのに猫みたいで可愛い。

さて、そろそろ時間かしら。もふもふ成分を摂取して満たされた私は寝る準備を整える。

疲労が溜《た》まっていたこともあって、すぐに瞼が重くなってきた。

最初は不安でたまらなかったけれど、明日からの日々がちょっと楽しみで。

目を瞑《つぶ》って、願う。

(明日もいい日になりますように)

ふかふかの布団が気持ちいい。

なんだか、いい夢が見られそうな気がした。

翌日、朝食後に掃除を終えた私は執務室に向かっていた。

昨日は疲れて忘れていたけど、まだ婚約契約書にサインをしてなかったのだ。

こんこん、と部屋のドアをノックする。

「どうぞ」

「失礼します」

執務室に入ると、公爵様は笑顔で迎えてくれた。

「あぁ、君か。もう来たんだね」

何やら執事の方とお話ししていたようだけど、私を見た公爵様は一言二言話して応接用のソファに移動する。対面に座った私はまず頭を下げた。

「お忙しいところ申し訳ありません。お時間よろしいでしょうか？」

「構わないよ」

朝食の席で事前に用向きを言っていたため、公爵様はすぐに婚約契約書を持ってきてくれた。

侯爵家に支度金五〇〇万ゼリルを払う旨と公爵夫人として力を尽くすような文言が書かれている。既に公爵様のサインはしてあったから、私がサインするだけで済んだ。

「ありがとうございます。申し訳ありません、このように急《せ》かすような真似《まね》を」

「むしろ言ってくれて助かったよ。なにせ契約書を交わす前にみんな逃げるからさ」

あはは。とあまり笑えない冗談を言う公爵様。

曖昧に微笑むだけでそれを受け流すと、窓から風が吹いてきた。

「今日は良い風が吹いてるね。ラプラス嬢、散歩でもしてきたらどうかな？」

「それもいいですけれど……あの、公爵家の夫人教育とかは」

「必要かな？　侯爵家ならそう家格が変わるわけでもないし、要らないかと思ったんだけど」

「そうですね……では、オルロー家ならではの伝統などありましたら教えていただければ」

「うちはそんなのないから大丈夫だよ。気遣ってくれてありがとう」

「そう、ですか」

それならあとは公爵家の領地運営になるのだろうけど。

さすがに来たばかりの令嬢にそんなものを見せるような公爵じゃないだろう。

かといって、ここにいてもこの人の邪魔だろうし。

「では、私はこれで失礼して――」

その時だった。

風に吹かれて執務机から飛んできた紙が、私の足元に滑り込んできた。

「ごめん、窓閉めるね」私は公爵様の言葉に頷きながらそれを拾い上げる。

どうやら文官がまとめた収支報告書のようだった。

（って、一番重要な書類じゃない）

慌てて紙を返そうとした私だけど……

侯爵家にいた時の習性が抜けず、つい数字に目を走らせてしまう。

(文官が十人……？　酒税が二割……収穫に対する税率も中途半端……)

私の頭がぱちぱちとソロバンを弾き、

「……無駄が多すぎるわね」

ぽつり。と漏れてしまった言葉に、

「なんだって？」

すかさず反応した公爵様を見て、私はハッと口元を押さえた。

慌てて書類を返し、淑女らしくカーテシー。

「申し訳ありません。余計なことを言いました」

ぎゅっと唇を噛みしめる。

前の婚約者の時も同じようなことをして失敗したのに何をしているんだろう。

こういうことをしていたらジェレミーの時の二の舞になってしまうのに。

(そうよ。ここでは大人しくしているの。清楚《せいそ》なお嬢様っぽく、望まれた夫人像に……)

そうじゃなければきっとまた婚約を破棄されてしまう。

別に私は構わないけれど、実家に残しているフィオナが貴族院に行けなくなるのはダメだ。

寛大なアルフォンス・オルロー公爵も、今度ばかりは怒るに違いない……。

「いや、続けてくれ。君の意見が聞いてみたい」

けれど予想に反して、公爵様は何もとがめなかった。

それどころか、嬉しそうに先を促してきた。

「は、はぁ……では」

私はごほん、と咳払いして。

「まず人口の割に文官の数が多すぎます。公爵領は確かに広大ですが、実際に人が住んでいるところは限られています。各町に信頼できる文官を置き、公爵城にまとめ役となる文官を設置する中央集権体制を取ったほうがいいです。また、酒税が二割とありますが、これは高すぎますね。お酒などは皆のモチベーションに繋《つな》がるので重税をかけないほうがいい。消費を抑えたいところに税をかけるべきです。それから、農作物の収穫に対する税率が毎年変わってるのはどういうことですか？豊作不作で変えているなら話は別ですが、これを見るとそうではないように見えます。不作時に納める税で平民が困るというなら公爵城に補助金を貯めておいて非常時に放出すればいいのです。また、隣の領地に関する通行税ですが――」

私は収支報告書から見つけられる改善点をあげていく。

幸いにも数字のまとめ方は上手だったから、どこが良くてどこが悪いのかはすぐに分かった。

実際に現場を見てみないと分からないけれど、かなり的を射ているんじゃないかと思う。

「――と、こんなところでしょうか」

十分くらい話してから、私は周りが唖然としていることに気付いた。

「ぁ……」

（や、やっちゃった……）

顔から血の気が引いていく。

さっき自分で反省したはずなのに、私は思いっきり口うるさい成金令嬢になっていた。

（こんなにまくしたてるように言うなんて淑女らしくないわ）

公爵様が優しくしてくれたから調子に乗ってしまった。

「あの……し、失礼しますっ」

書類を突き返して部屋を出ていこうとすると、腕を摑《つか》まれた。

「……えっと？」

公爵様は俯いていて顔がよく見えない。

どうしよう。本気で怒らせてしまったかしら。

そう思ったのだけど——。

「……すごいなっ、君は！」

「え？」

聞き間違えたかと思うほど、温かい言葉が聞こえた。

顔を上げた公爵様の目は興奮したように輝いていた。

「女性の身でそこまで知識を身に付けるのは大変だっただろう。学府も女性が知識を得るのにいい顔をしないだろうし……それに、昨日来たばかりの公爵領のことをよく勉強している。本当にすごいな。君みたいな聡明《そうめい》な女性は見たことがないよ！」

「え……え？」

私が動転している間に腕を引っ張られ、ソファに戻される。

拳二つ分距離を空けて、隣に座った彼は膝の上にメモ用紙を広げながら言う。

「次はどうしたらいいと思う？　聞かせてくれ。君の意見が聞きたい」

私は何も言えなかった。

ぽたり、と。頬を滑り落ちた雫《しずく》が、書類に斑点を作っていく。

「ど、どうしたんだっ？　ご、ごめん。腕が痛かったかな？」

「……いえ」

「少し強引だったね。すまない、興奮してしまって……」

「大丈夫です。わ、私は……」

あぁ、ダメだ。

抑えきれない。止まらない。

「も、申し訳ありません。また今度で」

「え、ちょ、ラプラス嬢⁉」

こんな顔を見られたくなくて、私は勢いよく走り出した。

◆◇◆◇

「……彼女はなぜ泣いていたんだ？」

ベアトリーチェがいなくなった室内で、アルフォンスは呆然《ぼうぜん》と佇《たたず》んでいた。

伸ばした手の先には誰もおらず、気まずい空気が室内を流れている。

「僕がまた何かしてしまったのだろうか」

「ふむ。そういう感じには見えませんでしたが……」

筆頭執事であるジキルがフォローするも、アルフォンスは落ち込んでしまう。

「やはりこの見た目が……」

「あ、あの」

そこで声をかけてきたのは犬耳の侍女――シェンだ。

アルフォンスが顔を上げると、シェンはおずおずと前に進んで、

「発言をお許しいただけますか。旦那様」

「もちろん構わない。そう固くならずに――君は何か知っているのか？」

「はい。あまり他言はしないでいただきたいのですが……」

ここにいるのはアルフォンスとジキル、そして公爵家の文官が二人だ。

信用のおける者たちだと判断してアルフォンスは先を促す。

「実は、お嬢様は……」

そうしてシェンは語った。

ベアトリーチェが受けてきた理不尽すぎる仕打ちと、父親の残酷な振る舞いを。

話を聞くにつれて、アルフォンスの眉間に皺《しわ》が深く刻まれていく。

「……そうか」

きつく目を瞑った彼がソファに背を預け、発したのは一言。

「貴族社会には外道しかいないのか？」

性格の不一致で婚約破棄することは珍しいが、ないこともない。

だが、夜会のような公の場でつるし上げるように婚約破棄を言い渡すのは常識外だ。

夜会の主催者にも失礼だし、騒動を起こした両家の品位を著しく下げる。

その場にいて王太子を諌《いさ》めなかった側近連中も能なしの誹《そし》りを免れないし、百歩譲って婚約破棄される理由がベアトリーチェにあるとしても、冤罪《えんざい》で女性を貶《おとし》めるなど、人の道に逸れた行いだ。

王太子とその妃候補の不仲は聞いていたが、ジェレミーがここまでやるとは。

「彼女はなぜ冤罪の件を言わなかったんだ？　言ってくれれば支援したのに」

傍系とはいえ王家の血を引いている自分だ。冤罪を晴らすために協力してくれと言われれば、喜んで協力した。アルフォンスは、こういった邪悪な企《たくら》みを嫌悪している。

「その……信じていただけると思わなかったからかと」

「……あぁ、そっか。そうだよね」

ベアトリーチェは貴族社会に——否、ありていに言えば人間関係すべてに絶望していた。

三年間も望まぬ婚約者のために尽くしてきたのに、冤罪の上で婚約破棄だ。

大切な妹を守るために、父親の言うことにも逆らえなかった。

婚約したとはいえ、色々と悪い噂も流れている自分に頼れるはずがない。

「僕が浅はかだった。ごめん」

「閣下が謝られることでは……」

「格好がつかないね、まったく」

アルフォンスはいっそう深く背もたれに身体を預けた。

「教えてくれてありがとう。えっと……」

「シェンと申します」

「シェン。可能な限りで良いから、またラプラス嬢のことを教えてくれないかな」

「もちろんです。あ、あの。私そろそろお嬢様のところに」

「うん。行ってあげて」

侍女が一礼して去ると、アルフォンスはすとん、と表情を落とした。

「……すべて聞いていたな。ジキル」

「はっ」

彼の声は筆頭執事が背筋を伸ばすほどの怒気を孕《はら》んでいる。

シェンの前では抑えていたが、内心では煮えたぎるような感情が渦巻いていた。

「僕にできるすべてを以て彼女を支援する。君もそのつもりでいるように」

「仰せのままに」

ラプラス侯爵家ではなく、ベアトリーチェ個人に対する遇し方を、と。

主の含むところを察したジキルに、アルフォンスは付け加えて言った。

「それから――領地運営に関して彼女の言う通りにやってみて」

老執事は眉根を上げた。

「……本気ですか？　確かに的を射た発言ではありましたが、他家の人間ですよ？」

「今はもう公爵家の人間だ。これからも、僕はそのつもりだよ」

「ふぉっふぉ。あの坊ちゃまがここまで入れ込むとは」

「ジキル」

アルフォンスが見つめると、ジキルは恭しく胸に手を当てる。

「かしこまりましてございます。このジキル、老体に鞭《むち》を打って働きましょう」

「うん、頼んだよ……僕はね、女性の涙を見るのは苦手なんだ」

◆◇◆◇

「……やってしまったわ」

公爵様の前から逃げ出した私は自室のベッドに転がっていた。

「うわぁあああ～～～～～、やってしまったわ～～～～」

ごろごろと転がり、つい先ほどの自分の発言に苦しめられる。

公爵様の前で偉そうにアドバイスして、褒められて。

涙を流して逃げ出してしまうなんて、とんだ醜態を晒《さら》してしまった。

「お嬢様、はしたないですよ」

「だって～～～……シェン、来て」

「もう」

ベッドの横で窘《たしな》めてくるシェンを招き寄せ、私は彼女のお腹に頭を埋める。

だけど、公爵様の前でみっともなく涙を流した事実は変わらない。

「ほんとにやってしまったわ……」

「公爵様もそんなに気にしていないと思いますよ」

「いきなり泣き出す女なんて情緒不安定すぎるでしょう」

「お嬢様も女の子だったってことですよ」

「何それ。意味が分かんないわ。褒めてもお給料は上げないわよ」

「うふふ。構いませんよ。私はお嬢様のお傍《そば》にお仕えできるだけで十分ですから」

「ほんと、あなたも物好きね……」

シェンと話していると、いつも肩の力が抜けていく気がする。

いつの間にか彼女が精神的な柱になっていて、受けるばかりで何も返せないのが苦しい。

「………ありがとね。シェン」

そうだ。過去を悔やんだところで一銭の得にもならないのだ。

それより公爵様に偉そうにアドバイスをした手前、きちんと勉強したほうが建設的だろう。

私はシェンを離して立ち上がり、部屋の出口へ向かった。

「シェン。蔵書室に行くわ。書見台を用意してちょうだい」

「かしこまりました。ただ、お嬢様」

シェンはにっこりと笑って言った。

「先に髪と服を整えてからにしましょうね」

私は自分の身体を見下ろす。

胸のところがはだけているし、髪もぼさぼさの状態だった。

……こう見えて身だしなみには厳しいのだ、この侍女は。

オルロー公爵領であるソルトゥードは大部分を荒れ地が占めている。

特産物は鉱山から出てくる魔石がほとんどで、それ以外に特筆すべきものはない。

食糧を自給できないため、隣の領地からほとんどを輸入しているような状態だ。

僅かに穫れる小麦も領地全体に行き渡らせるには足りなすぎる。

民衆が十分に生活をしていくには今の五倍の収穫量が必要となる。

十年ほど前まではこのやり方でも上手くいっていたらしいけれど……。

「……ここにも亜人戦争の爪痕があるのね」

私は書見台の上でこめかみを揉《も》みほぐした。

――六年前、奴隷じみた扱いに耐えかねて亜人たちが一斉蜂起した亜人戦争。

元々この国の先住民は亜人というだけあって、彼らの結束力は強かった。

（亜人たちを制圧するため人間は魔術を求めた――魔術に使う魔石もそう）

魔術は西方諸国連合から入ってきた新しい技術で、この国で体得している人間は数えるほどしかいないが、その効果は絶大だった。

魔術を用いた道具――魔道具を使えば、子供だって魔獣を倒せるようになってしまう。

身体能力に優れた亜人たちを制圧するには、まさにうってつけの技術といえる。

（魔道具には魔石が必要――この国で魔石を産出するのが、オルロー公爵領だった）

皮肉にも、亜人たちの住処《すみか》に攻め込んで手に入れた魔石鉱山が亜人たちに牙を剝《む》いた。

オルロー公爵領は魔石の輸出で莫大な富を得ていたが、人が好《よ》かった先代公爵は戦争の早期終結のために相場よりも遥《はる》かに安い金額で魔石を提供し、敵対貴族によって買《か》い叩《たた》かれた。

その結果、戦争が終わったあと、公爵領の魔石鉱脈は底をついた。

現在のソルトゥードは特産物の魔石もなく、本当に厳しい土地として残った。

「……ひどい話ね」

アウグスト王国は戦争勝利に貢献したオルロー公爵を労《ねぎら》うこともなかった。

しかも、亜人戦争を経て人権を獲得した大量の亜人たちを公爵領に押し込めたのだ。

奴隷制度は撤廃されこそしたが、実質、彼らの生活レベルはほとんど変わっていない。

「戦争後はかなり治安も悪化していたようだけど……見た限りそんなことなかったわね？」

「はい。もちろん、活気があるとは言えませんでしたけど」

「そうね」

公爵直属の騎士団は城下町に駐屯所を構えている。実際の犯罪検挙率なども聞けば分かるだろうけど、まだ婚約したばかりの自分がそこまで介入するのはいかがなものだろう。

「……私はもう繰り返さない。これはただの夫人教育みたいなもの。そうよ。経営になんて口を挟まないんだから」

私は『ソルトゥードの歴史』という本を閉じてシェンに渡した。

「次の本持ってきて」

「かしこまりました」

そんな風にして日々は過ぎていく。

いつになったら公爵様に手を出されるのかと思っていたけれど、一向に夫婦の寝室が一緒になる気配がないし、公爵様も夜の街に繰り出しているからそういうことなのだろうと思った。

彼も名ばかりの婚約者が欲しかっただけで、自分を必要としているわけじゃないのだ。

なぜか胸がちくりと痛んだけど、逆を言えばお気楽な日々。

悪く言えば、少し張り合いのない日々が続いて――。

私が公爵領に来てから一ヵ月が経った日のことだった。

いつものようにシェンと共に蔵書室にこもって、心地よい日差しにうとうとしていると、血相を変えた公爵様が飛び込んできた。

「ラプラス嬢っ！　いるか⁉」

ぱちりと眠気が覚めた私は書見台から顔を上げて、公爵様を迎える。

「ごきげんよう、公爵様。いかがされました？」

「君はなんてことをやってくれたんだ！」

「…………え？」

公爵様の手が、私の肩を摑んできた。

◆◇◆◇

『君はなんてことをやってくれたんだ！』

公爵様の言葉が山びこのように私の頭に反響する。

肩を掴まれた手にぐっと力が入って、全身の血流が速くなった。

（わ、私。何かやっちゃったかしら）

心当たりは、ある。領地経営のことだ。

まだ公爵領の資料を読んでいない時に書類の数字だけを見て好き勝手に言った。

その結果、公爵領の状態が悪いほうに傾いてしまったのだろう。

（………どうしよう）

改めて考えてみても、まだ公爵夫人でもない婚約者なのに無責任すぎた。

いや、もしかしたら彼は公爵夫人に足る器かどうか試すためにあんなことを聞いてきたのではないか。それなら婚約者と寝室を共にせず、そういう目で見てこないのも納得できる。おそらく公爵様は最初から婚約破棄する前提で私を誘導し、こんな感じの理由をつけて追い出すつもりだったんだろう。

悪い想像はどんどん加速していく。

まず婚約破棄は確定だろう。そうなったら侯爵家に帰ることもできないし、今度こそ嫁の貰《もら》い手《て》がなくなり、修道院へ行くか平民になるかを選ばなきゃいけなくなる。シェンともお別れになるし、平民になった私は無力で無頼漢に脅され、娼館《しょうかん》で身体を売る羽目に……。

「も、申し訳ありません。公爵様。まさかこのようなことになるとは」

「まったくだ。これは僕にも予想外だったよ」

感情を抑えたような平淡《へいたん》な声に私は眩暈《めまい》がした。

こみ上げてくる吐き気を抑えて、深々と頭を下げる。

「こ、この罰はどのような形でも受けます。差し出がましい真似をしてしまい……」

「……ん？　なんで頭を下げてるんだ？」

「え？」

そこで初めて、公爵様の新緑色の瞳と目が合った。

怪訝そうに眉根を寄せた彼は「ぁー」と視線をあっちこっちに彷徨《さまよ》わせ、

「ごめん。ものすごくまぎらわしい言い方だったね」

「えっと……何があったんでしょう？　私が領地経営に口を出した件で損失が出たのでは？」

「まさか。そんなことで怒らないよ！　僕が勝手に君の言う通りにやっただけなんだから！」

「そう、なんですか？」

「そうだよ。むしろ逆だよ。とんでもない成果が出てきたんだ！」

公爵様は丸まった書類を手渡してくる。

おそるおそるそれを受け取り、私はシェンと一緒に書類をのぞきこんだ。

「あ」

「すぐに気付いた。さすがだね」

公爵様はにっこりと笑う。

「そうだよ、君のおかげで先月の収益が二倍に増えたんだ！」

「……！」

「まぁ！　すごい！　さすがお嬢様ですね！」

「ほんとだよ！　僕もびっくりした！　まさかここまで効果があるなんて！」

私はサッと書類に視線を走らせる。以前見た書類では公爵領の総収入はそれほど多くなかったと記憶しているけど、収入が少なかろうと倍に増えれば結構な額だ。

二倍、二倍、二倍……と私の頭の中で数字が浮かんでは消えていく。

「君の言う通りにやったらここまで上がった。本当にすごいな、君は！」

「ぁ」

心が、震える。

身体が熱くて、芯が揺さぶられる。

『女のくせに男の金勘定に口を出すな！　不愉快だ！』

「きっとすごく勉強したんだろうね。ここまで領地経営が上手いなんて得難い才能だよ」

ジェレミー殿下が刻みつけた呪いの言葉から、公爵様が優しく解き放つ。

『金、金、金、君の頭はお金しかないのか？　ちょっとは俺の面子《メンツ》を考えたらどうなんだ？』

「侯爵領のことは聞いてる。きっとお金のことで苦労したからそこまで上達したんだね」

私の周りは、私がお金を大切にすることが気に食わなかった。

淑女だから。貴族だから。そんなレッテルを貼りつけて誰も私を見ようともしなかった。

『貴様のような女、成金令嬢で十分だ。金の亡者めが』

「君が来てくれて本当に助かったよ」

「……っ」

私、どうしちゃったんだろう。

殿方の前で涙を流すなんて、はしたないと叱られちゃうのに。

成金令嬢なんて呼ばれても気にならなかったはずなのに。

次々と脳裏に浮かんでくるのは自分を否定された時の記憶ばかりだ。

「本当にありがとう、ベアトリーチェ嬢」

……あぁ、そうか。

私は、誰かに認めてほしかったんだ。

成金とか、女とか、侯爵令嬢とか、そんな型に嵌《は》めた言葉がほしかったんじゃない。

私という個人と真正面から向き合い、認めてほしかったんだ……。

◆◇◆◇

「僕の婚約者が君で良かった。ありがとう、ベアトリーチェ嬢」

（……それは、私の台詞《せりふ》ですよ。公爵様）

目尻に浮かんだ涙をそっと拭い、私は顔を背ける。

胸を満たす熱い何かを大事にしまうように、そっと手を当てた。

（……心臓、うるさい。早く落ち着きなさい）

「それで提案なんだけどさ」

公爵様は私の目の前に回り込んできて言った。

「君さえ良ければ、これからも力を貸してもらえないかな。まだ正式に籍を入れたわけじゃないけど……君なら情報を漏らしたりしないだろうから、信用できる。どう？」

「えっと……」

（こんな私で良ければ……って、普通の令嬢なら言うんでしょうけど）

別に公爵様に手を貸すことが嫌なわけじゃない。

むしろ、こんな風に頼ってもらって内心ではものすごく嬉しい。

だからというか……なんとなく、欲が出た。

ここまで私と向き合ってくれたんだから、あと一歩。

いっそのこと、飾らない私のことも受け入れてくれないかな……みたいな欲が。

「お話は承りました」

「ほんとかい⁉　ありがとう！　じゃあ早速だけど……」

「で、い、い、いくらですか、か？」

「はい？」

公爵様はきょとんとしている。

私は噂の成金令嬢らしい欲まみれの笑みで手を差し出した。

「領地経営のコンサルタント料です。公爵様がおっしゃった通り、私たちはまだ正式に籍を入れたわけではありません。そのような状況下ですから、婚約者の私が公爵領の情報を他領に売るかもしれませんし、また、私が持っている情報だけ搾取されてあなたに捨てられる可能性もあります」

「いやそれは」

「何より、お金がなければ責任が発生いたしません」

私はぴしゃりと言い切った。

良い意味で、もうどうにでもなっちゃえという気分だった。

「お金は、責任と信用です。いずれ夫になる相手であろうと払うものは払っていただきます」

「分かった」

「もちろん公爵様が拒むなら構いません。私は大人しく……え？」

思わず顔を上げると、公爵様は微笑んだ。

「君の言い値で払うよ。いくら欲しいんだい？」

「……いいんですか？　自分で言っておいてなんですが、めちゃくちゃな理屈ですけど」

確かに筋は通っているつもりだが、現在の私の立場と状況を無視した論法だ。

私は公爵様の嫁にならなければ支度金が貰《もら》えず、家が潰れることが確定している身。

いわばお父様に売られたようなもので、ぶっちゃけた話、私に選択肢なんてものはない。

だから彼が強要すれば、私は問答無用で手伝う必要があったのだけど……。

「僕は侯爵令嬢じゃなく、君という女性自身を選んだからね」

「……っ」

平然と、彼は言った。

それがどれだけ私を喜ばせるのか、きっと彼は知らないのだろう。

「それで、いくら欲しいんだい？」

「えっと……」

私が金額を提示すると、後ろでシェンが息を呑《の》む気配。

「お嬢様、それ、あの、もしかして、私の……」

「シェン。野暮なことは言わないでよろしくってよ」

「……っ、はい」

本人に勘づかれてしまったけど、私が要求したのはシェンの給金となる額だ。

シェンは侯爵家を辞めて私についてきたから、お給金がない。

さすがに婚約者に侍女のお給金を支払わせるわけにはいかないから、こうしてコンサルタント料として請求できて良かった。

(……バレちゃったのは格好付かないけど。前の給金と同じにしたのが失敗だったわね)

どことなく気恥ずかしくなりながら、私は咳払いする。

「コンサルタント料は毎月払いで、末日じめの翌月十日払いでお願いいたします」

「分かった。契約書はいるよね?」

「もちろん。一言一句確かめさせていただきますわ」

「うん。そのほうが僕としても助かる。君は本当にしっかりしてるね」

「……っ」

(だからこの方はそういうことを気軽に言いすぎなのよ!)

今確信する。この人は女たらしだ。

女たらしだから私が喜ぶ言葉が分かるし、いちいち私をドキッとさせるんだ。

(……まぁ喜んでしまってるあたり、私もチョロい女だけど)

その分、彼の信頼には応えたい。

公爵領が潤えば城の修繕代金も稼げるし、フィオナに仕送りだってできる。

結局、私にとってもメリットのある話なのだ。

「では明日からよろしくお願いいたしますね、公爵様」

「よろしく、ラプラス嬢。と、言いたいところだけど……」

私が差し出した手を、公爵様はじっと見つめて、

「アルフォンスでいいよ。君には名前で呼んでほしいな」

「え？」

「その代わり、僕も君をベアトリーチェ嬢と呼ぶから。どう？」

「……そう、ですわね」

別に断る理由なんてないはずだ。

婚約者なのだし、契約関係にあるのだし、きっと他の男女は当たり前にやっている行為だ。

「ほら、名前で呼んでおかないと使用人たちを不安にさせるだろ？　僕とベアトリーチェ嬢が不仲なんじゃないかってさ」

「……確かに」

「これは公爵城を円滑に運営するための必要経費なんだよ」

「なるほど。そういうことなら」

一銭の得にもならない話でもなさそうだ。

今はほとんどシェンしか関わりがない私も使用人たちからの信頼は欲しい。

信頼・信用はお金に繋がるのだと知っているから。

（なんだか尤《もっと》もらしい理由を与えられた気がするけど……）

きっと気のせいだろう。そういうことにする。

私は手を差し出した。

「では改めて。よろしくお願いしますわ、アルフォンス様」

「うん。よろしくね、ベアトリーチェ嬢」

彼とは良いビジネスパートナーになれそうな気がした。

（ふふ。さぁ、どんどん稼いじゃうわよ！）

幕間《まくあい》　愚か者たちはかく語りき

「ねぇ殿下、わたくしたちの婚約披露宴はいつですの？」

書類のサインを終えたジェレミーは婚約者の愛《いと》しい声に癒《いや》された。

執務室で健気《けなげ》に仕事が終わるのを待ってくれている彼女に甘い笑みを向ける。

「気が早いね、まずは父上たちに挨拶しなきゃダメだよ」

「分かってるけどぉ。国王陛下からの許可は取ってあるんでしょ？　じゃあ大丈夫じゃない？」

「まぁね。だから父上は問題ない。問題は母上なんだよ」

そもそもジェレミーとベアトリーチェの婚約を推し進めたのは母なのだ。

亜人戦争以後、没落寸前だった侯爵家を黒字にまで立て直した手腕を認め、侯爵との繋《つな》がりを持とうとした母はベアトリーチェとの婚約を進めた。政略結婚とはそういうものだと言うが、そこにジェレミーの意思はなかったし、あんな陰気で金、金、金、とうるさい女と一緒になるなんて冗談じゃなかった。どうせなら妹のフィオナのほうが従順で可愛《かわい》らしい。

しかし、ベアトリーチェはやけに妹を守ろうと動き、近付くことすらできなかった。

(まぁそのおかげで俺は運命の人と出逢《であ》えたわけだ)

レノアだけだ、自分を認めてくれるのは。

母である王妃も、ベアトリーチェも、ジェレミーのことをまったく認めていない。

貴族院での生徒主催のイベントや、王都での興行、商会の運営など、何かにつけて改善案を出してきて、過去の記録がどうの、今の流行がどうのと、口うるさいことばかり言ってくる。

（奴《やつ》らは俺を道具か何かだと思ってやがる。ふざけやがって……!!）

王妃やベアトリーチェとの関係に息が詰まっていた自分を、レノアが救ってくれた。

貴族院時代、下級生の彼女と密会する時だけがジェレミーの癒しだった。

この子を自分から引き離すことだけは、たとえ母であろうと許さない。

「母上もすぐに説得するから大丈夫だ。そのためにと言ってはなんだけど、レノア。俺と一緒に事業をしないか?」

「まぁ！　殿下と一緒に起業？　わたくしが？」

「あぁ。母上はラプラス家の経営手腕に目をつけて婚姻を進めた。つまり、俺たちで起業して奴らを超える成果を見せれば……」

「王妃様は納得する。わたくしたちは晴れて結ばれるというわけですね！」

レノアは顔を輝かせてジェレミーに抱き着いてきた。

「素晴らしいわ！　ぜひ、わたくしと一緒に起業してくださいませ！」

「あぁ、よろしく頼むよ」

ジェレミーは笑う。

「幸い、俺には伝手《つて》がたくさんある。絶対に上手くいくと思う」

これまではジェレミーが何かしようとするたびにベアトリーチェの邪魔が入った。

やれ、今は時機じゃないだの。

やれ、もう流行は過ぎてるだの。

やれ、黒字の目算が立たないだの。

（女のくせに何が分かるって言うんだ？　この俺を馬鹿にしやがって）

王妃もベアトリーチェも分かっていない。

王族の仕事とは下々の愚民を飼い慣らし、国に――ひいては王族に貢がせることだ。

民は王族のために存在する。民を生かさず殺さずの状態で搾り取るために王族は知恵を回すべきであって、ベアトリーチェのように民の生活のために奔走するのはあり得ない。

国のために身を捧《ささ》げる王妃など論外だ。

（俺は俺の幸せのために、お前たちを踏みつけてやる）

ジェレミーが決意を固めると、レノアがしなだれかかってきた。

「嬉《うれ》しいわ。殿下と一緒にお仕事ができるなんて……」

「俺もだよ。これまで以上に一緒にいられるからね」

「それで、どんな事業をする予定なの？」

「あぁ。実はかねてから女性向けの化粧品開発を進めていてね」

「まぁ！　化粧品を？」

「うん」

元々はベアトリーチェが立てた企画なのだが、ジェレミーは口に出さない。

王族の伝手を利用したくせに何かと口を出してきて主導権を握ろうとしたあの女が悪い。

尤《もっと》も、その本人が「慎重に根回しを」などと及び腰になっていたのだから、自分がこの企画を利用してもなんの問題もないだろう。

（根回しなんて必要ない。金を配って黙らせればいいんだ）

「君の肌にも合うと思うよ。今度試してみようか」

「ぜひ！　わたくし、とっても楽しみだわ！」

ジェレミーは明るい未来を信じて疑わなかった。

「よし。じゃあまずはベアトリーチェから慰謝料をふんだくろうか！」

（王子である俺に婚約破棄なんて手間を取らせたんだ。逆にお金を貰《もら》わないとな！）

◆◇◆◇

ジェレミーと別れたレノアは下町の酒場に赴いていた。

カウンターで白ワインと魚の香草焼きを注文し、メダルを差し出すと、地下に続く扉に通される。

そこはジェレミーを旗頭に掲げる反王妃派のサロンが開かれている場所だった。

顔なじみの者たちと挨拶をした彼女は一番奥のテーブルへ。

金髪の男が優雅にワインを飲み、首から下げたロケットを見ていた。

レノアが近付くと、男はロケットを閉じ、にこりと笑みを浮かべる。

「あぁ、ヒルトン子爵令嬢。よく来てくれたな」

「お待たせしたかしら？　ラプラス侯爵？」

「いいや、今来たところだ」

ウェイターに酒を注文する男――ヘンリック・ラプラス侯爵。

「君も飲むか？」

「お気遣いありがとう存じます。でもわたくし、お酒は好きな人の前でしか飲まないんです。あとでジェレミー様が来てくださるから、その時にいただきますね」

「おやおや。それは惚気《のろけ》かね？」

「そう受け取っていただいて構いませんわ」

「手紙を受け取ったぞ。首尾よくいったようだな」

「ええ、すべてあなたのおかげです。あなたが上手《うま》く動いてくれたおかげで、わたくしは殿下とお近付きになれた。子爵のお父様に王子様と繋いでもらうのは無理でしたから」

ヘンリックはグラスを揺らして目を細めた。

「君たちのためにやったわけではない。これは取引だ」

レノアは頷《うなず》いた。

「分かっていますよ。事が成った暁には、あなたには殿下に相応のポジションを用意してもらいます。殿下からも、そう聞いているでしょう？」

「まぁな」

「それにしても」レノアはくすりと笑みをこぼした。

「あなたもいい性格をしていますね。自分の地位のために敵対派閥に娘を売り渡すなんて」

「娘は父親に貢献するために存在する。そうだろう？」

「うふふ。同じ女として反吐《へど》が出ますね♡」

満面の笑みで毒を吐いたレノアにヘンリックは肩を竦《すく》める。

「あいつは父親《私》を立てずに自分の手柄を見せびらかす出来損ないだ。あんな娘がおらずとも、私にはフィオナがいる。奴にはせいぜい、私のための資金になってもらおう」

「……まぁ、そんなあなたのおかげで、わたくしはこの地位まで来たのですから、感謝すべきかもしれませんね。わたくしが王妃になった時に牙を剝《む》かないなら、それで構いません」

「それは問題ない。例の件は？」

「あなたのおかげで滞りなく」

レノアは笑みを深めた。

「邪魔者は排除したのです。これからは、わたくしの――わたくしたちの時代ですわ」

第三章　成金《なりきん》令嬢の領地改革

領地経営の補助官《コンサルタント》に任命された私は改めてオルロー公爵領の情報を確認していた。

特産物なし、鉱脈は尽き、領地の大部分が荒れ地、貯蓄もなく、食糧も輸入に頼ってる。ないない尽くしの状況は、もはや没落寸前といっても過言ではない。

（ここからどうするか。私の腕の見せどころってわけね）

以前、私がアルフォンス様に口を出したのは主に経営における『無駄』を削る作戦だ。それで二倍以上の収益になったのは喜ばしいことだけど、一方で民の暮らしが豊かになったかというとそうでもない。公爵領が荒れ地であることは変わらないし、治安こそ悪くないものの、亜人たちの中に不満の種がくすぶっていることは間違いないのだから。

まず改善すべきは食生活だ。食への満足度は民の士気に直結する。

――というわけで、私たちは馬車に乗って領地の視察に向かうことにした。

税収で食べ物を輸入することもやってるけど、公爵領で自給自足できるのが理想だ。

（いつまでも輸入できると思わない方がいいわ。敵はそこらへんに潜んでいるもの）

「ベアトリーチェ嬢。難しい顔をしているね？」

「そうですか？」

がたがたと馬車に揺られながら、アルフォンス様が楽しそうに笑った。

「うん。君でもそんな顔をすることがあるんだ。何でも知っているように見えた」

「私が万能みたいに言わないでくださいな。私が知ってるのは勉強したことだけですよ」

「それもそうだ。で、どうだい？　解決策は思いつきそうかな？」

「……いくつか試したいことはあります。そのために農地に行かないと」

もちろん、私だって無策というわけじゃない。ラプラス侯爵家を黒字に回復させた時の経験から、既にいくつか方策は立ててある。問題はそれがここでも通用するかどうかだ。

私はアルフォンス様と同じように車窓から見える景色に目をやった。

街道を走って一時間は経《た》っているのに、賊が一度も現れない。時折、巡回している騎士たちが魔獣を討伐しているところを見るくらいだ。逆に言えばそれくらいで――。

「……公爵領の治安って、かなりいいですよね。私、びっくりしました」

「あー、まぁね。そこはかなり頑張ったよ」

アルフォンス様が苦笑する。

「亜人戦争で労働者たちが職にあぶれちゃったからさ。特に亜人の労働者はほとんどが解雇された。おまけに兵団が解体されたものだから、ここにたくさんの亜人が雪崩《なだ》れ込《こ》んできたんだ。要は難民だね。彼らを保護し、騎士団に取り込み、一つにまとめるのが僕の仕事だった……」

本当に苦労したのか、アルフォンス様はげんなりとした顔を見せる。

普段は凜《りん》としてらっしゃるのにギャップがすごくて、私は思わず笑みを漏らした。

「でも、やり遂げたんですね」

「かなり反発があったけどね。亜人戦争で人族側に魔石を提供したのはウチだから」

先代オルロー公爵は戦争の早期終結を望んだだけで、亜人弾圧派ではなかった。むしろ戦争前は積極的に亜人を雇っていたらしいし、オルロー家が人族側に見捨てられたことで批判が和らいだんだろう。

「まぁ時間はかかったけど。分かってもらえた。治安には一番力を入れてるよ」

私は舌先で唇を湿らせた。

「……実は力を入れすぎて余力があったり？」

アルフォンス様が驚いた顔を見せた。

「よく分かったね。その通りだよ」

「ふぅん……そうですか……なるほど……」

これはなかなかいいことを聞いたかもしれない。

公爵城があんな状態だから期待していなかったけど……。

アルフォンス様が思ったよりやり手だったおかげで、色々とはかどりそうである。

（……悪評のついた私の助言を躊躇《ためら》いなく実行に移す。本当に変わった人だわ）

「何か思いついたら言ってくれ。僕に手伝えることがあるなら手伝おう」

「ありがとうございます。時機が来ましたら、お願いいたします」

「うん。楽しみにしてるよ」

少年のような笑みを浮かべたアルフォンス様に、私の胸は甘く高鳴った。

思わずアルフォンス様の顔をじっと見てしまうけど……。

（……いやだから、そういうのじゃないってば！）

私は赤くなった顔を頬杖《ほおづえ》で隠しながら車窓の外に視線を戻すのだった。


——オルロー公爵領、カルナック村。

荒野が中心の公爵領において、さらに辺境のカルナック村は崖の麓に作られている。

村の周りを囲むように防護柵が設置され、魔獣除《よ》けのエリーゼ草を乾燥させて垂らしている。

紅《あか》くしおれた花がぶら下がっている様は、首を吊《つ》られた死刑囚を思わせる不気味さだ。

村の外には魔獣が徘徊《はいかい》していて、今にも村ごと呑《の》まれてもおかしくはない。

馬車で村の中に入った私たちが降りると、護衛の兵士たちが周りを取り囲んだ。

「ベアトリーチェ嬢。僕から離れないようにね」

「はい」

私は頷《うなず》きながら、荒廃した村を眺め回す。

ひび割れた屋根、隙間風が激しそうなあばら家の前に座り込む目つきの悪い亜人たち。

獣に近い亜人が多いのか、外見には獣の血が色濃く表れていた。

犬や狼《おおかみ》、熊など身体的特徴はさまざまだが、彼らの瞳には隠しきれない敵意が渦巻いている。

シェンがいるから忘れそうになるけど、人族と亜人族の確執を否《いや》が応にも思い出させる有様《ありさま》だ。

耳を澄ませば、隠そうともしない悪態が聞こえてくる。

「貴族がなんの用だ。税金を上げに来たのか」

「これ以上俺たちから何を奪おうってんだ。ぶん殴ってやろうか」

「やめとけ。アレは貴族だ。わいらが手を出したら数倍返しで来るぞ」

私は親の亜人たちの足元で震えている子供を見て心臓を鷲掴《わしづか》みにされた気持ちになった。

（……骨と皮ばかりだわ。早くなんとかしないと）

もふもふの楽園が台なしだ。絶対に改善してみせると胸の内で決意する。

そうしている間に、カルナック村の奥から代表者がやってきた。

「おぉ、領主様、よくぞおいでくださいました」

「君も息災なようで何よりだ」

村長らしき老犬のような亜人がアルフォンス様に挨拶する。

「視察の連絡は貰《もら》いましたが、なにぶん何もない村で……ロクなおもてなしができませんが」

「今日は見るだけだから構わない。我が家から食糧を持ってきたんだ。皆で分けてくれるか」

「おぉ、それはありがたい！　皆、領主様が配給を下さるそうだ！」

日々の食事にも困っている亜人たちは断る理由もない。子供から順番に女性、老人、男性と糧食を受け取っていくが、その表情は一様に暗い。

当然だ。今日をやり過ごしても、明日になればまた空腹に襲われる。

糧食だけばら撒《ま》いて根本を解決しないのは領主として最低の行為でもある。

（ま、そうならないために、私がいるのよ）

私はアルフォンス様の隣に立ち、村長の前でカーテシー。

「失礼。ファルボルーク老。少しお時間よろしいでしょうか」

「はて。儂《わし》、名乗りましたかの？　あなたは……」

「私はベアトリーチェ・ラプラス。アルフォンス様の婚約者です」

「婚約者……ははぁ、そうですか。しかしなぜ儂の名を……」

「公爵領の代官の名はすべて覚えています」

「へ？　全員ですか？」

「はい。百十五名……あぁ、先日転属させたので今は七十五名ですが」

「「全員⁉」」

なぜかアルフォンス様まで驚いていた。

たかが七十五人の名前くらい、名簿があればすぐに覚えられるのに。

「そんなことより畑を見せてください。土質を調べたいので」

「はぁ、それは構いやせんが」

村長に案内されたのは崖の真下に作られた小麦畑の一つだ。

かなり広いが、枯れている苗が多く見られることからも、収穫具合はお察しだ。

「ここの土じゃロクなもんが育ちませんで……いちおう小麦を植えてますが……」

「そうね。大概の品種は枯れてしまうでしょう」

なにせ川が近くにないから、畑に水をやることができないのだ。

水やりは雨頼み。しかも乾燥地帯だからなかなか雨が降らず、小麦なんて育つわけがない。

それでも小麦を育てているのは亜人たちには他の作物の種を買う伝手《つて》もお金もなかったから。

また、アルフォンス様が治安維持に手一杯で土に合う品種を探せなかったことがあげられる。

オルロー公爵領の街や村はほとんどがこんな調子で、カルナック村の荒廃具合は公爵領でも群を抜いている。だからこそ、試験場《テストケース》にはもってこいなのだ。

(ここの土は他の場所より乾燥しているから……アレが良さそう)

私は土を触っていた手を払い、アルフォンス様に言った。

「ここの小麦畑、すべて刈り取ってしまいましょう」

「「「!?」」」

村長を始めとした亜人たちが顔色を変えた。

「お待ちください！　そんなことをされたら収穫が……！」

「公爵領全体を見てもこの村の収穫量は断トツで低いです。そもそもこの収穫量では村民を食べさせることができていませんよね、ファルボルーク老。あなたもそうおっしゃっていたではありませんか」

「それはそうですが……」

「公爵領から三ヵ月分の小麦を支給します。その間にここを別の野菜畑に変えますので」

みんなのお腹《なか》が膨れないなら小麦を作っても意味がない。

こんな品質の小麦でパンを作ったところで栄養も望めないし、身体《からだ》にも悪いし。

「だけど、ベアトリーチェ嬢。ここの土質に合う作物などあるのかい？」

「あります。私は既に同じ事例の案件を解決しました」

もう過去のことだけど、ラプラス侯爵領の赤字っぷりは洒落《しゃれ》にならなかった。

亜人擁護派だったラプラス侯爵領は多くの亜人が棲《す》んでいたのだけれど、戦争の影響で亜人たちが一斉に仕事を放棄し、深刻な労働力不足に陥った。さらに小麦の値段が急騰する中、なんとか食糧を確保しようと必死になったものだ。

当時は貴族院にいた植物学者の元に足繁《あししげ》く通ったものである。

「ははぁ、まぁ小麦を支給してくれるなら……」

「領主様がきちんと責任取ってくれるなら問題ないですわい」

「大丈夫。信用の証《あかし》として一ヵ月分の小麦は持ってきているから」

言って、アルフォンス様は私の耳に囁《ささや》いた。

「小麦を用意してほしいと言われた時は疑問だったけど、こういうことだったんだね」

「えぇ。ありがとうございます」

「……昨日打ち合わせした時も聞いたけど、本当に大丈夫だよね？」

今回の小麦は本来、有事に備えて公爵城に蓄えてあったものだ。これを無駄に放出する結果になったらいよいよ不味《まず》いと心配するアルフォンス様に私は太鼓判を押した。

「お任せください。種イモを扱っている伝手ならありますので」

「ちなみにどういう品種なんだい？」

「アルカ芋という野菜です。根が強くて乾燥地帯でも育つし、繁殖力も高い。ほぼ水やりの必要がありません。雨季がほとんどない公爵領にはうってつけの食材と言えるでしょう」

「……君は何でも知っているね」

「言ったでしょう？　私が知っているのは勉強したことだけです」

「今代の公爵は一味違うと思っていましたが、いやはや奥方もなかなかですなぁ」

「これが成功すれば、もう飢えずに済む。ありがたや、ありがたや……」

「女神様のようなお方じゃ」

「そうだろう？　僕の婚約者はとても賢いんだ」

彼らの声を聞き流しながら、私は腹の内で黒い笑みをこぼした。

（ぐふ。ぐふふふ！　いいように騙されてるわね、これが私自身のためだとは知らずに！）

私は社交界にその名を轟《とどろ》かせた成金令嬢である。

どけちだと囁かれる私は一つの仕事で二つ以上の成果を求めるタチなのだ。

（あの人たちがお腹いっぱいになったらたくさん子供を産むわ。そしたら人口が増えて税収源が大幅にアップ……！　子供も公爵家に恩を感じてくれるだろうし、どうにか公爵領に根付かせてがっぽり稼いでもらうわ……！　そしたらフィオナに仕送りもできるし、使用人たちにボーナスもあげられるし、私はもふもふを堪能《たんのう》できるし、いいことずくめよ……ぐふ。ぐふふふ！）

不意に、アルフォンス様が私の顔をのぞきこんできた。

「おや、悪い顔をしているね。ベアトリーチェ嬢？」

（いけない。素が出てしまったわ）

私は慌てて顔面を取り繕った。

「なんのことでしょうか」

アルフォンス様は私を見つめ、ぼそりと呟《つぶや》いた。

「『ラプラスの叡智《えいち》』……あの人に聞いていた通りだね」

「何か言いましたか？」

「いいや」

よく聞こえなかったけど、悪口を言われたわけじゃなさそうだ。

アルフォンス様は女たらしの無邪気な笑みを浮かべてみせた。

「君が来てくれて本当に良かったと思ってさ。あと素のほうが可愛《かわい》いと思うよ」

「……」

一拍の沈黙。

アルフォンス様の言葉を理解した私の顔はかぁぁぁああ、と熱くなった。

「……ほ、褒めるくらいなら報酬を上げてくださいませ」

「残念、予算オーバーだ」

「けち」

私たちは顔を見合わせ、どちらからともなく笑い合った。

◆◇◆◇

畑の改革案を残しカルナック村をあとにした一行は夕方ごろに公爵城へ帰還した。

夕焼けの光が街並みを染め、夜が近いことを思わせる冷えた風が吹きつけてくる。公爵城の玄関を開いた彼らは侍女に迎えられ、筆頭執事であるジキルがアルフォンスに話しかけた。

「アルフォンス様、お耳に入れたい話があります」

「……話？」

小声で囁くジキルはちらりとベアトリーチェを見た。

察しのいい彼女は頷き、

「アルフォンス様。私は旅で疲れたので先にお風呂へ入らせてもらいますね」

「分かった。食事は一緒にしよう。領地を見た感想とか、色々聞きたいし」

「なら、レポートにまとめておきます」

「そこまでしなくてもいいよ」

ベアトリーチェは微笑《ほほえ》んで侍女と共に大階段を上がっていく。

――本当に聡《さと》い子だ、とアルフォンスは思う。

こちらの空気を敏感に察知し、自らその場を辞する気遣いは誰にでもできるものではない。

そんな彼女だからこそ、自分は――。

（……と。まずはジキルの件か）

アルフォンスは上着を預け、執務室に入って人払いをした。

「それで、何があった？」

「これを」

笑み一つ浮かべずジキルが差し出してきたのは王家の紋章が入った手紙だった。

王家と聞いて思い出すのはベアトリーチェの元婚約者だった男である。

どことなく嫌な予感を覚えながらアルフォンスは手紙を開けた。

「…………………はぁ。まったく」

ため息を一つ。脱力していた手のひらが、くしゃりと手紙を握りつぶした。

王家からの手紙に対する最悪の対応だが、これ以外にこの怒りをどうおさめたらいいか分からない。

いつもは二人きりの時に坊ちゃま扱いしてくるジキルも気遣わしげだ。

「……何が書かれていたので？」

アルフォンスは手紙を投げ渡した。

くしゃくしゃになった紙を広げたジキルが息を呑む。

「『王家に対する不敬罪として化粧品事業における支援金を要求』……なんですかな、これは」

「さぁね。僕に聞かないでくれ。あの馬鹿従弟《いとこ》の考えてることは分からないよ」

手紙の内容はジェレミーからベアトリーチェへの金の無心だ。

元婚約者の考えた事業を自分たちで軌道に乗せてやるから金を出せという意味の分からない内容だった。王太子の名誉を著しく傷つけたとかなんとか。もちろん、ベアトリーチェへの見返りはゼロで、しかも、婚約破棄とは別口で金を要求しているのである。

（王太子としてあり得ない対応の連続で、何から突っ込めばいいのか分からないな）

仮にも第一王子であるジェレミーが公爵家に金を要求するということは、王家が金に困っていると派閥内外にアピールすることだと分かっていないのか。

「あの狡猾《こうかつ》な伯母上からなんでこんなアホが生まれたんだ？」

ジェレミーの母親であるジョゼフィーヌ王妃はアルフォンスの父の姉にあたる。

元々公爵家出身だったこともあり、父亡きあと甥《おい》の自分に色々と世話を焼いてくれたのだ。

何度となく顔を合わせているが、彼女の辣腕ぶりは身に染みて知っている。

優秀な女性が良《い》い母親になるわけではない典型といったところか。

（いや、それだけじゃない。なぜこのタイミングなんだ？　ベアトリーチェ嬢が領地経営に意見を出し、収支が上向き始めたこのタイミングで……）

アルフォンスは顎肉を揉《も》みほぐしながら考えに耽《ふけ》るが、

「そもそもこの婚約破棄自体、王と王太子による共謀で、王妃は知らないと言いますな」

ジキルの言葉で思考を中断し、アルフォンスはため息を吐いた。

「だからといってこの内容はないだろう。馬鹿げてる」

「ふぉっふぉ。いかがいたしますか？」

怒りに任せてこの手紙を燃やすことは簡単だが、それ以上のこともできるとジキルは言っている。

「坊ちゃまが望むなら、ばら撒きますが」と平然と言うあたり、彼もかなり頭にきているようだ。

「このこと、彼女には伝えますか？」

「あの馬鹿を思い出させる必要はないさ。せっかくいい顔をするようになってきたんだし」

初めて会ってから今日まで一ヵ月と少し経つが、徐々に婚約者の笑顔が増えてきたのだ。

領地経営のコンサルタントを頼んで以来、彼女は日々生き生きとしている。

公爵城に来たばかりの、この世のすべてを諦めた表情より全然良い。

「むしろ絶対に彼女の耳には入らないように。いいね?」

「かしこまりました。旦那様」

(これは早く領地を復興させて、婚姻を済ませたほうがいいかもな……)

アルフォンスは自分の身体を見下ろしながら自嘲するように呟いた。

「まぁ、彼女が僕を受け入れてくれたらの話だけどね」

◆◇◆◇

「――お嬢様、お客様がいらっしゃったそうです」

「来たわね」

カルナック村を視察した翌日のことである。

アルカ芋による畑改革と実行立案をまとめた私は書類から顔を上げた。

「応接室にお通ししてちょうだい。お茶を出しておいて」

「かしこまりました」

私は書類を片付け、執務室でアルフォンス様と合流した。

「失礼します、アルフォンス様、よろしいでしょうか」

「あぁ、大丈夫だ…………おや？」

いつものように執務室へ入った私にアルフォンス様は目を丸くした。

「今日はずいぶん気合が入っているね？」

「ええ、まぁ」

私が身に着けているのは赤紫色の美しいマーメイドドレスだ。派手すぎず地味すぎない塩梅《あんばい》のドレスはお母様の形見で、今日はそれに加えて首飾りや簪《かんざし》なども付けている。

「私の勝負服です。今から会う女にはこれくらい準備しないと」

「パトラ・エルバリア男爵令嬢だっけ？　それほどの女性なの？」

「……会えば分かります。アルフォンス様、彼女に何を言われても気にされませんよう」

アルフォンス様が頷いたのを見て、私たちは揃《そろ》って応接室へ赴く。

瀟洒《しょうしゃ》な応接室の中央にソファが置かれ、一人の女性が紅茶を口にしていた。

唐紅《からくれない》の巻き毛に気の強そうな空色の瞳、髪と同じ色のドレスを着た女性は、私と同い年の令嬢である。

「六〇点。茶葉はお粗末だけど、相変わらず淹《い》れ方が素晴らしいわ。ねぇシェン。あなたウチで働かなくて？　給料は弾みますし、好待遇を約束するわ」

「いえ、あの……」

「何なら婿も見繕ってあげてもよろしくてよ？　家族全員ウチで働きなさいな」

「こら。私のシェンを引き抜こうとするんじゃないわよ。この女狐《めぎつね》」

パトラはゆっくり顔を上げ「あら」と形のいい目を細めた。

「もう来てたの。あんまり待たせるからお茶を一杯飲み終えたわ」

「気付いてたくせに、よくもいけしゃあしゃあと」

私が近付くと、パトラも立ち上がって、近付いてくる。

じろじろと私の身体を上から下まで眺め回し、パトラは鼻を鳴らした。

「ふん。相変わらず大層なドレスだこと。あなたも着ている服に相応《ふさわ》しい気品があるわ」

「あなたこそ、何度も断ってるのにうちのシェンを欲しがるなんて熱心ね。貴族の鑑《かがみ》だわ」

私とパトラはいい笑顔を扇子で隠しながら視線で火花を散らす。

やがて、フ、と彼女は口元を緩めて笑った。

「なんだ、案外元気そうじゃない」

「おかげさまでね。なんとかやってるわ」

「それで、噂《うわさ》の婚約者様は……あぁ～。なるほど、なるほど」

パトラは私にしたようにアルフォンス様の身体を上から下まで眺め回し、

「ぷっ」

失笑に、その顔を歪《ゆが》めた。

「ぷはっ、あっはははははは！　すごいお腹！　噂通りのおデブなのね!!」

「パトラ」

私が窘《たしな》めるように言っても、パトラは聞きやしない。

「あはははっ、ベアトリーチェ！　あんた、こんな人と婚約して大丈夫？　色々大変じゃない？　あたしだったら重みで死んでしまうわ！　あはははは！」

「パトラ・エルバリア！」

ぴたり。とパトラは笑みを止めた。

私は胸の内に湧き上がる怒りを抑えながら言った。

「今すぐ、取り消しなさい」

「どうして？　あたしが男爵令嬢で、彼が公爵様だから？　公爵といっても没落寸前だし、社交界での地位は男爵以下じゃない」

「違う。私の婚約者だからよ」

なんだか不思議だった。思った以上に頭にきている自分がいた。

私はアルフォンス様の側に立ち、太い二の腕を取りながら言った。

「確かに体格は太いかもしれないけれど、魔獣や荒くれ者の亜人たちから領地を守ってきたアルフォンス様の身体は筋肉質なの。こうやって触ってみると意外と気持ちいいのよ」

「……」

「彼は私のパートナー。いくらあなたでも侮辱は許さないし、そのために呼んだわけじゃない」

「…………そ。分かったわ」

先ほどと態度を一変させ、パトラは恭しく頭を下げた。

「出逢《であ》い頭《がしら》のご無礼、本当に申し訳ありませんでした。いかようにも処罰を」

「いや……」

ぽりぽりと頭を掻《か》くアルフォンス様に、私は首を傾《かし》げた。

「アルフォンス様？　なぜ顔を赤くされているのですか？」

「……無自覚か。いや、いいんだ」

ごほん。とアルフォンス様は咳払《せきばら》い。

「頭を上げてくれ、エルバリア嬢。君のおかげで婚約者に褒められた」

「……三〇点。人たらしのところも相変わらずね、ベアトリーチェ」

「二人揃って何なの？」

「まぁいいわ。遊んでいる時間はないもの。早速本題に入りましょう」

パトラはソファに座り直し、私たちはその対面へと座った。

「改めて紹介いたします、アルフォンス様。こちらはパトラ・エルバリア男爵令嬢。私と貴族院の同期で、同じ師の下で学んだ姉妹弟子にあたります。どちらが姉弟子かは目下議論中です」

「あたしが姉弟子に決まってるでしょ。先生に習っていたのはあたしが先なのだし」

「ほとんど同じようなものでしょ。いちいち突っかからないで」

「あはは。どっちが姉弟子かはともかく、君たちが仲良しなのは分かったよ」

「「仲良くありません」」

声をハモらせた私たちにアルフォンス様がたまらずといった様子で噴き出す。

「君たちが師事したのは、植物学の権威、イリシャ・ルノワール博士だったっけ？」

「えぇ。私がラプラス侯爵領を復興する際に研究所に出入りした師ですね」

「で、今度は公爵領を復興させようってわけね。婚約破棄されたり、冤罪《えんざい》を吹っ掛けられたり、あなたも大変ねぇ。子爵令嬢如《ごと》きにしてやられるなんて、らしくないんじゃない？」

「その話は今、関係ないわ。同門のよしみで力を貸しなさい」

「人を呼びつけておいて、それが人に物を頼む態度かしら？」

「あら。出逢い頭に人の婚約者を侮辱した無作法者には十分な態度だと思うけど？」

「……ふん」

パトラは鼻息を一つ。

「いいわ。それで――いくら必要なの？」

やっぱり私とパトラは同門だ。私がこの荒野で何をしようとするのか理解している。

私はきっぱり言った。

「在庫全部」

「……高くつくわよ？」

「……パトラ。あなたの家がフローラ伯爵家に潰されかけた時、助けたのは誰だったかしら」

パトラは扇子を開いて口元を隠した。

「さぁね。そんなことあったかしら」

「御託はいいわ。私は形振《なりふ》り構っていられないのよ。お願いだから、あなたの商会が保有しているアルカ芋の種イモ、全部ちょうだいな」

そう、私がパトラを呼びつけた理由がこれである。

荒廃したオルロー公爵領を立て直すには食糧事情の改善が必須。隣の領地に足元を見られて通常の倍の値段で取引されている小麦の栽培を今すぐやめ、できるだけ早く自給自足へ切り替える。

それが新たな事業への布石になるし、逆を言えば、それができなければ次に進まない。

エルバリア男爵家はアウグスト王国の南部に領地を持ち、農業で栄えた土地だ。

かの土地が生産する小麦を始めとした品種は評判が良く、他国にも輸出されているほど。

エルバリア商会ならば、公爵領を立て直せるほどのアルカ芋の種イモを保有しているはず。

「なるほどね。確かに、あなたの要望を叶《かな》えることは可能よ」

パトラはゆっくり頷いた。

「けど、二〇点」

パトラは瞑目《めいもく》した。扇子を閉じる時に響く、乾いた音が室内に残響する。

「確かに借りはある。それでもあたしたちは商会だから、タダってわけにはいかないのよ。アルカ芋を栽培して食糧事情を改善したところで、いいとこトントン。オルロー公爵領が荒野しかない枯れた土地だってことに変わりはない。つまるところ、あなたの話には未来《ビジョン》がない」

私の話は、言ってみれば事業資金を出すことで借りを返してくれという打診だ。上向いてきたとはいえ、まだまだ雀《すずめ》の涙ほどの税収しかないオルロー公爵領にアルカ芋の種イモを大量購入する金などない――そんな金を出す価値がオルロー公爵領にあるのか、とパトラは言っているのだ。

「オルロー公爵領には荒野しかない？　違うわね。間違っているわよ、パトラ」

同門の徒の問いに私が出した答えは、もちろん是《イエス》。

「オルロー公爵領には他の領地にない、とびっきりのものがある」

「……はぁ？　何言ってるの。そんな資源、どこにも」

「いいえ、あるわ。亜人戦争を経験した屈強な亜人たち――戦士という人財が」

「……‼」

パトラは目をひん剝《む》いて立ち上がった。

「まさか、あなたは――！」

「もう気付いた？　さすがパトラね。だからこそあなたを呼んだの」

「つまり、あなたがやろうとしているのは」

一拍の間を置き、パトラは私の真意へとたどり着いた。

「傭兵事業……!!　亜人を国中に派遣して金を稼ごうってわけ!?」

私はにんまりと笑った。

「大正解！　これこそがオルロー公爵領を復興させる唯一の策よ」

「……っ」

初めて公爵領に来た時も、領地視察の時も思った。公爵領は驚くほど治安が良い。

それはアルフォンス様が亜人たち騎士団や兵士をまとめ、その兵士たちが街の見周りをよくしているからに他ならない。なら、それは当たり前のことだろうか？

答えは否《ノー》だ。

「人族も亜人も魔獣の被害に手を焼いているわ。王家はよっぽど被害が大きくならない限り不干渉だから、各領地は自前の騎士団でことに当たらなければならない。だけど、手が足りていないのが現状よ。軍備を整えるのにも相応の金がかかる——そこでウチの出番ってわけ」

魔獣討伐専門の傭兵《ようへい》集団。元が野盗だとか荒くれ者だったら遠慮願いたいところだけど、ウチの傭兵団は王族の傍系であるオルロー公爵が組織した出自のハッキリした部隊だ。

兵士を育成し、軍備を整えて投資することに比べれば、なんと安く済むことか。

しかも、怪我《けが》をしても治療の費用はこっち持ち。これほどありがたい存在はない。

「派兵期間で料金を取るのか、魔獣討伐一匹あたりで料金を取るのか、それはまだ考えているところだけどね。魔獣からは素材が採れる。素材が採れれば武具だって――」

「黙って。今、考えてる」

パトラが目の色を変えて口元に手を当てる。

今、彼女の頭の中では傭兵事業が生み出す莫大《ばくだい》な利益が試算されていることだろう。

国を変える事業に投資した商会への信用、そのリターンも、また。

やがて彼女は顔を上げた。もはやその瞳に公爵領に対する嘲りは一切ない。

「オルロー公爵。そちらの騎士団は亜人で構成されていらっしゃいますよね」

「あぁ、もちろん」

「ここ一年で騎士団が起こした暴行事件の件数は？　事件にはならなくても騎士団が人族相手に暴言・暴力を振るうことは？」

「ゼロだ」

アルフォンス様は誇らしげに言った。

驚異的な数字をさらりと告げる公爵にパトラは慎重に問いを重ねる。

「騎士団を束ねたのは、あなたかしら」

「そうだよ。もちろん、現場指揮をする団長は別にいるけど」

「魔獣に対する死傷者は？」

「死亡者はいない。負傷者はいるけれど。装備の損害も軽微だね」

「……整備費も少ない。リスクも少ない？　こんなの、こんなの……！」

「金の生る木でしょ？」

言葉を選ばない私にパトラは射殺すような目を向ける。

「あなた、最初からこれを分かってて……⁉」

「思いついたのは昨日よ。アルフォンス様もびっくりしてたわ」

「うん。亜人は人族に嫌われてるからね。逆もまたしかりだけど」

両種族の溝は深い。派兵した先でトラブルになることを彼は真っ先に危ぶんだ。

だが、種族の違いがどうでもよくなるほどの脅威が魔獣にはある。

畑の被害はもちろんのこと、人的被害や街道の損壊など、魔獣被害はあとを絶たない。傭兵業を始めればみんなすぐに気付くはずだ。亜人なんて無害でもふもふできるものより——。

魔獣のほうが、よっぽど迷惑な存在だと。

「もちろん」アルフォンス様が言葉を続ける。

「トラブル回避のため、亜人蔑視の風潮が強い土地には派兵しない。そこのラインを見極めることが肝要だと思ってる。ひとまず必要なのは、ウチの騎士団が無害であるという証だ」

「だから、あたしを呼んだのね。魔獣被害が多い土地の、エルバリア家の者を——」

「持ちつ持たれつ。エルバリア嬢にとっても悪い話じゃないでしょ？」

エルバリア家は土地が豊かな分、魔獣被害に苦しめられている。王家から魔獣除けの香草を多めに貰っているとはいえ、追いついていないのが実状だろう。あまり兵力を持って王家に目をつけられるのも困るから、軍備が整っているとはいえないはずだし。

「ふぅ。相変わらず……本当に相変わらずだわ、ベアトリーチェ」

パトラは諦めまじりに、笑みにも似た形に口元を歪める。

「究極、あなたたちはあたしがこの話を断っても困らない。他の領地に営業をかけて信用と金を積めばいい。そしたら、ウチの商会からいくらでも種イモを買うことができる。だけど――」

「そうしたら、エルバリア商会は主導権を失う。傭兵事業で得られる、あらゆる副次的利益は失われるわね。軌道《トレンド》に乗り始めた事業にあとから参入するほど愚かなことはないし」

こちらとしても、最初に傭兵団を派兵するのはエルバリア商会が理想だ。先に資金を得れば見栄えを整えることもできるし、食糧事情を改善してから傭兵業を始めるほうが兵の士気も高いはず。

だから私は話を持ちかけるのだ。

この商機を逃す愚かな臆病者《チキン》に成り下がるのか、

それとも、この事業の支援者《スポンサー》となって多大なリターンを得る成功者になるのか。

「どちらでも好きなほうを選びなさい。私はどちらでもいいわ」

あくまで主導権はこちらにあるのだと示しつつ。

とびっきりの笑顔を浮かべる私に、パトラは苦笑をこぼした。

「……成金令嬢、か。ずいぶん堂に入《い》ってるじゃない」

「そりゃあ、商売《こっち》が私の主戦場だからね」

パトラは降参したように肩を竦《すく》めた。

「……一〇〇点。だけどさすがにここまでの話、あたしの一存で決められないわ」

「ふぅん？　じゃあ別のところに」

「い、いでも」

パトラは身を乗り出した。

「お父様は必ず私が説得してみせる」

「そう。じゃあ、そういうことでいいのね」

「ええ。癪《しゃく》だけど。乗ってやろうじゃない」

それは私のよく知る、親しい友の顔だった。

「あなたに協力してあげる。種イモだけと言わず、必要なものを用意してあげようじゃない」

「さすがはパトラ。そう来なくっちゃね」

私は頷いて、隣に座るパートナーを見た。

「アルフォンス様、それでよろしいですか？」

「もちろん。君の判断に従うよ」

「ありがとうございます。それじゃあ」

私はパトラに向き直り。

「交渉に入りましょう。アルカ芋の種イモの仕入れ額と、傭兵事業における利益の分配を」

私はとびっきりの笑みで問いかけた。


「で、いくらかしら？」

◆◇◆◇

「それにしても、よく思いついたわね、こんなの」

交渉を終えた小休憩。パトラが扇子で顔をあおぎながら呆《あき》れまじりに息をつく。

アルフォンスもまったくの同意見であった。

ベアトリーチェが優秀なことは知っているが、公爵領に来てまだ日も浅い。

それなのに、この短期間で社交界でも絶望的と揶揄《やゆ》された公爵家に希望を見出《みいだ》すなんて――。

「別に特別なことじゃないわ」

ベアトリーチェは交渉内容のメモを見ながら肩を竦める。

「魔獣は確かに人々の脅威だし、迷惑な存在よ。でもその一方、国としては魔獣に助けられている一面もある。毒が薬になるなんて珍しい話じゃないでしょう？」

「あぁ……そうか。ラプラス領は西方諸国連合との貿易を任されていたのよね」

「ええ」

二人の女性の会話を聞きながら、アルフォンスは思い出す。

西方諸国連合はアウグスト王国の西方、魔の海を越えた先にある強大な国家だ。

一つの島から始まったかの国家は魔術なる技術を使いこなし、西方大陸を一つの連合国家に統一するという偉業を成し遂げた。ただ土地柄、どうにも資源に乏しいらしく、こちらの豊かな大地を虎視眈々《こしたんたん》と狙っているという噂で、一時期、政財界が大騒ぎになったらしい。

しかし、ほどなくおさまった。その理由こそベアトリーチェの言った魔獣による恩恵である。

「『海王《かいおう》』……だっけ。一つの街を呑み込めるくらい大きな魔獣なのよね？」

「ええ、私も実際に見たことはないけどね。目撃情報だってほとんどないわ。見た人はほとんど死んでるから。かろうじて難破船から救出された乗組員が語り継ぐ、生きた伝説よ」

曰《いわ》く、その魔獣は神が遣わした大海原の化身。

曰く、ひとたび荒れ狂えば一つの時代を終わらせる終焉《しゅうえん》の使者。

「海王は大型船――もっと言えば大勢の人間を感知して襲い掛かると言われている。そのおかげで魔の海は小型で少人数の貿易船しか通れないようになってるけど、そうじゃなかったら西方諸国連合の艦隊が攻め込んできてあっという間に植民地にされるでしょうね」

そういった法則を見つけるまでにどれだけの商船が犠牲になっただろう。

ともあれ、いかに西方諸国連合が強大であろうとも、海王を無視してこの国を攻めることはできない。だから東大陸は――ひいては我が国の安全は保障されているのだ。

そういった噂と推測が一緒に広まって、政財界での騒ぎは収束したそうだ。

「……考えてみれば、そんな怪物の傍《そば》に住んでいるのも怖い話よね」

「大丈夫よ。こちらから何もしなければ無害どころか、勝手に守ってくれる薬なんだから」

ベアトリーチェはしたためたメモを叩《たた》きながら笑った。

「海王様が薬になってくれてるんだし、陸に住んでいる魔獣にも薬になってもらいましょ」

「海王を薬扱いする女は国広しと言えどあんたくらいでしょうね、ベアトリーチェ」

「ふふ。それじゃあ、私はこの内容《メモ》を契約書にまとめてくるから少し待っててね」

足取りも軽く応接室を出ていくベアトリーチェ。

尻尾があれば御機嫌に揺れていたであろう背中にアルフォンスはくすりと笑みをこぼした。

(本当に生き生きしている。いい傾向だね)

「オルロー公爵」

「ん?」

アルフォンスが目を向けると、パトラは唐紅色の髪を垂らして頭を下げた。

「先ほどは申し訳ありませんでした。改めて非礼をお詫《わ》び申し上げますわ」

「あぁ、いいんだ。本当に気にしていないから」

(むしろおかげで嬉《うれ》しかったというか……いや、これは言わないほうがいいかな)

自分のコンプレックスを迷いなく肯定されて胸が熱くなったのは内に秘めておく。

ベアトリーチェは自分の言葉にどれだけ力があるのか自覚すべきだとは思うが。

「それで……その」

唐紅色の巻き毛をくるくると手で弄び、パトラは明後日《あさって》の方向に目を逸《そ》らした。

「彼女は……上手《うま》くやっているでしょうか」

「ん？」

「亜人たちに受け入れられなかったり、元婚約者から嫌がらせされたり……」

「……あぁ、なるほど」

アルフォンスは口元を緩めた。

「君は、ベアトリーチェ嬢が心配だったんだね。だから、最初に僕に悪態をついた」

二人の関係性を確かめるためだろう。ベアトリーチェがこの環境を嫌がっているようなら男爵家として支援をし、なんとか自分から引きはがす算段だったに違いない。事実、そのあとの彼女は自分のことを蔑んだり、馬鹿にしたりするような態度は一切なかった。

パトラは自嘲するように口を開いた。

「『成金令嬢』というあだ名は、本当はあたしに付けられたものなんです」

「……え？」

「貴族院時代のことです」

確かに元来、成金という言葉はいきなり莫大な富を得た者を指す言葉だ。

ラプラス侯爵家は自領の商会と結びついて大きくなったとはいえ、成金呼ばわりされるほど元が貧乏であったかといえばそうではない。侯爵家らしい裕福さも持ち合わせてはいた。

「エルバリア男爵家は七年前までそれほど裕福ではありませんでした。農耕地は多いものの、魔獣被害に対応しきれず、怪我人が続出、魔獣に食糧を食い荒らされ、輸出する余裕はない」

そこで男爵がルノワール博士に力を仰ぎ、魔獣が嫌がる食物品種の開発に成功。

以後、急速に富を得た男爵を、周囲は『成金貴族』と言って蔑んだ――。

「そんな時、ベアトリーチェが助けてくれたんです。『あなたが成金なら私も成金ね』といって手を取ってくれた。それ以降も、貴族との軋轢《あつれき》の時に手を貸してくれたり……」

そうしているうちに、いつの間にかそのあだ名はベアトリーチェのものになっていた。

「あたしは、先生のところに弟子入りする彼女に少しでも追いつきたくて、それで……」

「……うん」

「……五〇〇万ゼリルの借金くらい、あたしに言ってくれれば貸してあげたのに」

お嬢様然とした態度から一変、拗《す》ねたように唇を尖《とが》らせるパトラ。

「あの子のこと、幸せにしてあげてください。じゃないと許しませんから」

「もちろん、僕の全霊をかけて誓うよ」

アルフォンスは横目で応接室の扉を見やる。

扉の隙間から見える、赤紫のドレスを捉えつつ口元を緩めた。

「ベアトリーチェ嬢は、良い友人を持ったね」

「ふ、ふん！　そんなんじゃありません。ただのライバルです！」

照れたように腕を組むパトラに、アルフォンスは笑った。

◆◇◆◇

「これで食糧問題については解決したも同然だね」

パトラを見送って屋敷《やしき》に戻ると、アルフォンス様は私を見つめて言った。

「本当に君はすごいよ。まさかうちの領地にここまで希望があるとは思わなかった」

「何を言ってるんですか」

褒めてくれるのは嬉しいけれど、ぶっちゃけた話、私の手柄なんてほとんどない。

私はアルフォンス様の目を見つめながら言った。

「私がエルバリア家に支援を打診できたのも、アルカ芋の提案ができたのも、傭兵事業の計画を取りまとめられたのも、これまでアルフォンス様が治安維持や騎士団の取りまとめに力を入れてこられたからできたことです。あなたがやってきた努力が、今、実を結んでるんです」

「……!!」

アルフォンス様は愕然《がくぜん》と目を見開いた。

私がゆっくり頷くと、彼は目元を押さえ、わなわなと唇を震わせた。

「そっか……無駄じゃ、なかったんだ」

「はい。アルフォンス様は未来へ投資していたのです」

「投資、ね……投資には悪い思い出しかなかったけど」

アルフォンス様は少年のように笑った。

「ありがとう。ベアトリーチェ嬢。君のおかげで救われた気分だよ」

「……っ、い、いえ。別に、私は……」

（え、笑顔が可愛すぎる……！　やっぱりこの人は女たらしだわ……！）

こんな無垢《むく》な笑顔を向けられたら巷《ちまた》の淑女は秒で陥落するだろう。

確かに見た目はおデブさんだけど、彼の純真さと中身は容姿の印象を補って余りある。

（というかよくよく見ればそんなに太ってないしね。ぽっちゃりはしているけど……）

「どうしたんだい？　そんなにじっと見つめられると照れるんだけど」

ハッ、と私は我に返った。

「べべべべべ、別になんでもありません。傭兵事業について試算していただけです！」

「そうかい？　残念、僕に気があるのかと思った」

「気があってもなくてもお嫁になりますのでご心配なく！」

「そうかな」

アルフォンス様は立ち上がり、私の顎を摑《つか》んだ。

「たとえ政略結婚でも、惚《ほ》れた女性には好きになってもらいたいものだけど？」

「……っ」

くい、と顎を持ち上げられ、二人の距離がゼロに近くなる。

顔から火が出そうなほど熱くなった私はアルフォンス様を振り払った。

「わ、私を口説いても一銭の得にもならないんですからね！」

いきなり『惚れた』とか口にするアルフォンス様は刺激が強すぎる。

まだそこまでの関係じゃないし、私も彼もお互いを知ろうとしてる最中だろうに。

まぁとっくに婚約者で仕事のパートナーで、ずぶずぶの関係ではあるけれど。

髪をいじりながら、視線をあっちこっち彷徨《さまよ》わせる私にアルフォンス様はくすりと笑う。

「それじゃあ、君を口説くためにまずはあだ名呼びから始めようかな」

「え？」

「互いに親しくなるためだよ。仕事を円滑に進めるための必要経費と思ってくれたらいい。それなら、一銭の得にならないこともないだろう？」

「……まぁ、確かに」

「うん。というわけで、よろしくね。ベティ」

私はかぁああ、顔が熱くなって目を逸らした。

「よ、よろしくお願いします…………その、アル」

互いに視線を合わせ、なんとも言えない空気がその場に流れる。

目を合わせたり、合わせなかったり。見れば、アルフォンス様も少し耳が赤くなっていた。

（あ……ちょっと可愛いかも）

そんなことを思っていると、

「ごほん」

遠目から私たちを見ていたジキルさんが咳払い。

慌ててお互いに距離を取る私たちに、老執事はにっこりと笑った。

「お楽しみ中のところ申し訳ありません。坊ちゃま。そろそろ騎士団との折衝の時間では」

「あ、あー。そうだったね。うん」

「は、早く行きましょう！　騎士団長を待たせるわけにはいきません」

この微妙な空気を脱する絶好の機会、逃してなるものか。

「シェン！　行くわよ！」

専属侍女のシェンは尻尾を揺らしながら微笑んだ。

「お嬢様。そんなに照れなくてもいいのでは？」

「てててて、照れてないけど!?」

「無理があります」

無理かぁ。そっかぁ。

顔が熱くなっている自覚はあったので、私は口元を隠してその場をあとにする。

公爵城に勤める使用人の、生温かい視線が痛かった。

場所が変われば空気も変わる。時間が経てば気分も落ち着くというものだ。

パトラとの会談後、再び仕事モードに切り替えた私とアルフォンス様は騎士団の隊舎に赴いた。

公爵城の城下町は城壁側に本舎があり、街の四方に駐屯所があるらしい。

「駐屯所を四つに分けているのは珍しいですね」

「うちは暴れん坊が多いからね。一つじゃ間に合わないのさ」

「……なるほど、だから治安が良いんですね……」

他の領地だと、大きな街でも騎士団の駐屯所は一つ、多くても二つがほとんどだ。

それ以上になると建物や人員の管理も大変だし、予算も多く必要になるはず。

「公爵城がおんぼろなのも納得がいきます」

「それについては申し訳なく思ってる」

「責めているわけではありません。むしろ褒めてます」

「そうかい？」

アルフォンス様は首を傾げて、

「……なら、なんでずっと顔を背けているんだい？」

私はアルフォンス様の顔を見ずに言う。

「お気になさらず。お昼寝の時に少し寝違えてしまいまして」

「そりゃあ大変だ。医者を呼んだほうがいいかな？」

「どうか、お気になさらず！」

（あなたの顔を見ると落ち着かないなんて言えるわけがないじゃない！）

気分を切り替えるとか無理だった。落ち着くとかあり得ない。

さっきから心臓の鼓動が激しくて、もう頭の中はぐちゃぐちゃだった。

――これは、正体不明の動悸《どうき》か何かだと私は睨《にら》んでいる。

決して「こ」から始まる例のアレではない。だって私が持っている乙女小説のラインナップには
こんな状況書かれていなかったし。

（勘違いしたらダメよ、私なんかに幸せな結婚ができるわけないんだから）

元婚約者になじられ、父にも認められず、何度も裏切られた記憶を思い出そう。

……うん、なんか落ち着いてきた。

「なんだか釈然としない納得の仕方をされた気がする」

「気のせいです」

「お嬢様……おいたわしや」

「あなたはなんで同情してるのかしらっ？」

ハンカチで涙を拭う専属侍女《シェン》に抗議する私である。

「……っと。着いたかしら。へぇ、意外としっかりしてますね」

「そうだろう？」

黒い石造りの壁は綻びなく、頑丈そうな造りになっている。

壁から伸びているアレは魔獣を迎撃するための竜撃砲だろう。突き出た杭《くい》にはところどころ鋭い返しが付いていて、アレに串刺しにされたら私なんてひとたまりもなさそうだ。

「ここは有事の際の避難所にもなっていてね。昔からある建物なんだよ」

「なるほど」

アルフォンス様が治めているから忘れそうになるけど、元々は魔獣の生息地だった場所を亜人族が開拓した地だっけ。鉱山狙いで攻め込んだあとの砦《とりで》といったところか。

アルフォンス様のあとに続いて隊舎に入る。

夕暮れが近いからか、居残っている団員は訓練に励んでいるようで、人気《ひとけ》はあまりない。

私たちが入った途端、事務室にいる人族たちが立ち上がって敬礼した。

「「「公爵閣下、お疲れさまです！」」」

「あぁ、うん。楽にして」

アルフォンス様が微笑むと、奥から逞《たくま》しい熊の亜人がやってきて野太い声をあげた。

「閣下！　いらっしゃるならそうと言ってくればいいのに！」

「すまない。アポを取る手間も惜しくてね」

獣に近い亜人なのか、筋骨隆々の体表は毛で覆われている。身体中あちこちに傷跡が見られ、アルフォンス様に見せる笑顔がなければ強面《こわもて》の武人に見えたに違いない。

（それにしても……）

「紹介するよ、こちらはベアトリーチェ・ラプラス侯爵令嬢。こちら騎士団長のイヴァール・ロア」

「ベアトリーチェ・ラプラスですわ。よろしくお願いしますね」

大熊の亜人――イヴァールさんが私を見た瞬間、雰囲気が変わった。

握手を求めても手を取らず、それどころか睨みつけるように私を一瞥《いちべつ》し、顔を背けた。

「イヴァールです、どうも」

公爵閣下と対応が大違いである。まぁいい。それにしても、だ。

私は内心で狂喜乱舞するのを必死で押さえつけた。

（――もふもふ!!　もふもふだわっ!!　うわぁ～～～触りたい嗅ぎたい身体に顔を埋《うず》めたい身体中撫《な》でまわしてすーはーすーはーしてみたい～～～～！）

「……何をしてるんです」

イヴァールさんがドン引きしたように言った。

「はっ」

我に返った私は無意識のうちにわきわきと動かしていた手を引っ込める。

（あ、危なかった。あまりにも強いもふもふパワーのせいで変態になるところだった）

いやしかし、ここで引くにはあまりにも惜しい毛並み……!!

「あ、あの。少し触っても……？」

「……？　どういう意図で……」

「すまない。少しだけ彼女に好きにさせてやってくれないか」

アルフォンス様の助け舟のおかげでイヴァールさんの毛並みに触れた。

触れた瞬間、感じる。騎士団の業務のせいで手入れの行き届かない、ごわごわの毛並み。

丁寧にブラッシングしてシャンプーをすれば、至上の天国に変わるに違いないと確信する！

私はそっと顔を埋め、すー、はー、と深呼吸し、もふもふ成分を補充した。

（あぁ～～～気持ちいい～～～お持ち帰りしたいくらい最高～～～～！）

シェンの毛並みはさらさらでずっと撫でていたくなる楽園じみた心地よさ。

イヴァールさんのそれはまだ見ぬもふもふが想像できる未開拓の原生林！

「あ、あの。ラプラス侯爵令嬢……？」

「……ベティ。ちょっと控えようか？」

「お嬢様、私に言ってくれればいくらでも身体をお貸しするのに……」

心なしか目が笑っていないアルフォンス様と、面白くなさそうなシェン。

婚約者がいる身でやることではないと言われた気がして私はサッと飛《と》び退《の》いた。

「し、失礼しました。少し興奮しまして」

「興奮」

「ええ。あまりにも立派なもふもふ……失礼、最高の原石……じゃなかった。この立派なお身体で日々公爵領を守ってくださっているのかと思うと、心に来るものがありまして」

イヴァールさんは愕然と目を見開いた。

「あなたは……怖くないのですか？」

「怖い？　何が？」

「我々は……亜人です」

「だからなんですか？」

私は首を傾げた。

「私の専属侍女のシェンは犬の亜人だけど、お茶を淹れるのがとっても上手で、ちょっとおドジだけど周りに気遣いもできる。給料が出なくても私の側にいたいと言う変わり者で、とってもいい子よ。私はシェンのことが大好きだし、彼女が忠誠を誓うに相応しい人間になりたいと思ってる。あ、もちろん給料は払ってるけど」

「お嬢様……」

シェンが瞳を潤ませ、尻尾を高速で振り始めた。

もふもふに誘惑されて動いてしまう身体を律しつつ私は言葉を続ける。

「私が今言った内容に、人族も亜人も関係あるかしら」

「…………！」

「偏見に囚《とら》われていては見えるものも見えなくってよ。騎士団長？」

イヴァールさんは雷に打たれたように震えた。

頭の先から足の先まで毛並みがぶるりと揺れて、彼はいきなり膝をついた。

「おっしゃる通りです。私の目は曇っておりました」

「そう。で、今は？」

「曇りなき眼《まなこ》を以《もっ》て、目の前のお方に向き合います。ベアトリーチェ様」

彼は腰の剣を抜き、私に捧《ささ》げてみせる。

「このイヴァール・ロア。あなたに忠誠を捧げます」

「……顔を上げなさい。亜人族は私たちの家族です。かしこまる必要はありません」

「ありがたきお言葉……！」

なんだかよく分からないけど、丸くおさまったようで良かった。

騎士団長が受け入れてくれたなら、他の騎士団員も受け入れてくれるかも。

「さすがは僕の花嫁だね。あのイヴァールを秒で従えてしまうなんて」

「お嬢様は私の誇りです。一生ついていきます……！」

騒がしい周りとは裏腹に、

（忠誠を得たってことは、もふもふを堪能していいってこと？　ねぇもっと触っていいかしら？　いくら払えば触らせてくれるのかしら？　アルフォンス様にお小遣い頼もうかしら？）

私の頭はどうやってもふもふを堪能するかでいっぱいだった。


貧乏な公爵領だから鎧《よろい》を始めとした武具の見栄えは良くなかったけど、彼らの腕は確かなようだった。団員たちとの顔合わせと挨拶を終えた私たちはイヴァールさんと別室に移動する。

「いやぁ、これまでの婚約者殿は私たちを見るなり気持ち悪いだの毛むくじゃらだので嫌悪感を示しておられたんですが……ベアトリーチェ様はまったくそんなことはなく、むしろ私たちに好意を示してくださった。これほどありがたい話はありません」

最初の刺々《とげとげ》しい態度は、どうやらアルフォンス様の過去の婚約者が原因だったらしい。

私が傭兵団の構想を話すと、イヴァールさんは渋面《じゅうめん》を浮かべた。亜人が人族の領地を助けに行くことに嫌悪感を示したようだ。他の団員たちも同じように思うだろうという話だった。

『なぜ自分たちを虐げた相手を助けなければならない？』

それが彼の、ひいては騎士団の正直な感想である。

私だって同じ立場だったらきっとそう言うと思う。だから、

「助けるんじゃない。これは社会的復讐なんですよ」

「「はい？」」

イヴァールさんとアルフォンス様の声が重なった。

私は頷き、指を一本立てる。

「傭兵事業が上手くいった場合、少なくとも数年間、他の領地はウチに依存します」

ここでいう他の領地とは魔獣討伐の騎士団が不足、あるいはまったく王家に依存している領地を指す。

とはいえ、彼らだって馬鹿じゃない。外注費を減らすために自領の騎士団を育てようとするはずだ。しかし、精強な亜人族の騎士団にたかが数年訓練した人族の騎士団が敵《かな》うだろうか。

「否《ノー》です。間違いなく質はウチに劣る。亜人戦争時に使用された魔道具のほとんどは王家が接収していますし、使えるとしても経年劣化で一部。向こう十年は傭兵需要が減りません」

「それが何か……」

「想像してみてください。亜人族を虐げた人族が、亜人族に頭を下げて、来てくれと頼まなければならない構図を。感じてください。彼らが苦虫を噛《か》み潰《つぶ》したような顔をした瞬間を」

私は悪い笑みを浮かべて答えを促す。

「さぁ、どんな気分ですか？」

「……最高ですね」

ニィ。と、イヴァールさんは嗤《わら》った。

「あぁ、確かにそれは愉快だ。なんという皮肉だろう。社会的復讐《ふくしゅう》とはそのことか」

「傭兵事業が軌道に乗れば、緩やかでしょうが、少なくとも表面上は亜人族への迫害が減るはずです。私たちの世代はダメかもしれない——けれど、子供たちや、孫、その先の未来に繋《つな》げていける」

「未来のために戦う、か——」

子供は未来だ。未来に自分たちのような迫害被害者が減るのであれば。

「やはり、あなたに忠誠を誓った自分は間違っていなかった」

イヴァールさんは恭しく頭を下げた。

「そういうことであれば、分かりました。団員は私が説得します」

「ええ、よろしくお願いしますね」

「僕も手伝うよ。言うこと聞かないやんちゃもいるだろうし」

「アルフォンス様も？」

「うん。決闘で叩きのめせば言うこと聞いてくれるし」

しれっと言われた言葉に私は血の気が引いた。

もしも、アルフォンス様がイヴァールさんのような丸太のような腕で殴られたら。

「大丈夫ですよ」イヴァールさんが私を安心させるように囁いた。

「アルフォンス様は、公爵領にいる亜人の誰よりも強いです。もちろん、この私よりも」

「イヴァールさんよりも？」

「伊達《だて》に太ってるわけじゃないんだよ」

ふふん。と得意げなアルフォンス様だけど。

「それ、関係あります？」

「ないかなぁ……」

なんともしまらない優しい笑みで、アルフォンス様は笑うのだった。

◆◇◆◇

そうして日々はまたたく間に過ぎていく。

パトラに依頼したアルカ芋の種イモは公爵領の各地に運ばれた。書記官の立ち会いで作付けも行われ、傭兵事業のために騎士団の武具も整えた。すべてパトラの支援のおかげである。

エルバリア男爵との契約の際も、彼女が間を取り持ってくれたからスムーズに事が運んだ。

持ちつ持たれつの関係とはいえ、絶対に成功させたいという気持ちが強くなった。

——そして、私が公爵領にやってきてから四ヵ月後。

「いよいよエルバリア領に派兵をしたい……ところなんですけど」

私は応接室でアルフォンス様やパトラを前に言った。

机に広げられた地図の一角を指差す。

「問題があります。エルバリア領に行くには、他領を経由しなければならないことです」

「選択肢は三つ、か」

アルフォンス様が神妙な顔つきで唸《うな》った。

「ドラン男爵領、シーシル子爵領、フォザック伯爵領……どれも厄介というか」

「すべて反王妃派の貴族ですわね。あたしを呼んだのは彼らにアポを取らせるためかしら」

つまり、あの忌まわしい夜会でジェレミーの味方をした者たちということだ。

他領に派兵する以上、通過する領地の領主に許可を取らなければならないが、私では撥《は》ねのけられる。

おそらくそう思って、パトラは提言してくれたのだろうけど。

「いいえ、違う。アポを取る相手は既に決まっているの」

パトラはカップを優雅に持ち上げた。

「ふぅん。誰なの？　まぁこの中だと、シーシル子爵しかないだろうけど」

「ドラン男爵よ」

「ぶふッ⁉」思わずお茶を噴き出したパトラの飛沫《ひまつ》をシェンがお盆で遮ってくれた。

パトラは身を乗り出して唾を飛ばす勢いだ。

「ば、馬鹿なの⁉　一番悪手っていうか、最悪の選択肢じゃない！」

ドラン男爵は男爵という身分ながら、社交界でかなりの発言力を持っている。それはひとえに財力ゆえ。ドラン家はパトラの家のような成金ではなく、先祖代々続く金持ちの家系だった。

「隣の領地だけど、僕が一番嫌ってる相手だね……」

「アレは典型的な貴族よ。あなたの思想には合わないと思うけど」

「だからいいのよ。遠慮なく殺《や》れるでしょう？」

パトラとアルフォンス様がドン引きしたように身を引いた。

「……公爵様、この子の手綱を離さないでくださいね。じゃないと、大変なことになりますよ」

大変に心外な話だった。ただ破産寸前まで追い込むだけなのに。


ドラン男爵領は領地の中央をエルファン川が流れる水資源が豊富な土地だ。水牛や乳牛の牧畜が栄えており、チーズや牛乳、小麦が特産品にあたる。オルロー公爵領が輸入している小麦はすべてこの領地産で、足元を見られた関税はとんでもない額になっている。

傭兵業のことがなくてもなんとかしないといけない相手だった。

「ようこそいらっしゃいました！　オルロー公爵様方！」

パトラと打ち合わせした、一週間後のこと。

男爵邸に到着した私たちを迎えたのは、背の高いちょび髭《ひげ》を生やした男だった。

人好きのしそうなおじさんという印象を周囲に与える彼はアルフォンス様と握手する。

「歓迎していただき感謝する。ジェームズ・ドラン男爵」

「いえいえ、こちらも名高きオルロー公爵を迎えられて光栄ですよ。そしてこちらが……」

ドラン男爵から見られた瞬間、全身に怖気《おぞけ》が走った。

品定めするような目で全身を舐《な》めるように見られて気持ち悪さを覚える。

にこり、と男爵は笑った。

「かの才媛、ベアトリーチェ・ラプラス侯爵令嬢ですな！　お噂はかねがね。ここまでずいぶんと遠かったでしょう。まぁ貴女《あなた》からすれば、どんなところでも庭同然かもしれませんが」

「……男爵？」

「おっと失礼！　さぁどうぞどうぞ、遠慮せずに上がっていってください！」

婚約破棄した翌日に別の男と婚約した尻軽女——と暗に言ったドラン男爵。

アルフォンス様の牽制《けんせい》にビクともせず、彼は私たちを招き入れた。

「……大丈夫？」

「問題ありません。むしろ調査通りの男で助かっています」

「……君に頼まれていなかったら叩き斬ってるところだよ」

それはやめてほしい。

せっかくの金づるを逃がすのは惜しいから。

「この機会に我が家の絵画や陶芸品を見ておくのもいいでしょう。なにせそちらの家では見ることもない品々でしょうからな。はっははは！」

ドラン男爵は典型的な悪代官だ。

自分よりも弱い貴族を家に招いては贅《ぜい》を見せつけて悦に浸り――、自分の金欲しさに税金を吊りあげ賄賂を受け取り、親族を要職につかせている。

「お心遣いありがとうございます。遠慮なくお邪魔しますわね」

彼から金を毟《むし》り取《と》るのに、些《いささ》かの躊躇《ちゅうちょ》もなかった。

◆◇◆◇

――鴨《かも》が葱《ねぎ》を背負ってやってきた。

それがオルロー公爵領から訪問の連絡を受けたジェームズ・ドランの偽らざる本音だった。

本来男爵から見た公爵家は雲の上の存在だが、オルロー公爵家に限っては話が別だ。

王系貴族の筆頭だった先代オルロー公爵は愚かにも魔石鉱脈を妄信して亜人戦争に献身し、それを機に新興・中堅貴族から狙い撃ちされ、没落寸前まで堕《お》ちた。

もはや公爵家としての体を保つことも難しく、かの城は廃墟《はいきょ》同然の有様だと聞く。

隣の領地である彼らの没落ぶりを耳にしてワインが進んだものである。

(アポが来るなら食糧支援のことかと思ったんだが、そこは予想外だったな)

先に届いた手紙には新しく始める傭兵事業について話をしたいと書かれていた。

各地で魔獣被害に苦しんでいる人々の元に騎士団を派兵し、対価を貰う事業なのだという。

なるほど立派な心掛けだろう。

魔獣に対抗できる騎士団の育成と運営は各領地にとってかなりの負担となっているし、公爵家の傭兵ともなれば信頼もできる。まさしく盲点だったと言っていい。

『貴殿の領地でもぜひとも力になりたく、お話をさせていただきたい』という話だったが。

(我が領地でそんなことをさせるわけないだろう。馬鹿か、こいつらは)

立派な心掛けだろうがなんだろうが公爵家の騎士団を構成しているのは亜人族だ。

あんな毛むくじゃらの汚らわしい獣たちに領地を踏み荒らされるのは我慢がならない。

わざわざ傭兵を雇わなくても領地の安寧は保たれている。

確かに、多少平民が何匹か犠牲になっていると聞くが……。

そんなもの、金で黙らせておけば問題にすらならない。

この世は金がすべてだ。

オルロー公爵家が他領に派兵するにしても、通行料をたんまりいただく所存である。

たっぷりの欲を内に秘めたドラン男爵は応接室のソファに腰かけた。

「男爵。本日は私の事業について時間を貰いありがたく思う」

「いえいえ、噂の公爵様を出迎えられて私共も光栄の至りでございますれば」

本来、爵位では圧倒的高みにいる公爵が頭を下げている状況に愉悦を禁じ得ない。

男爵程度に頭を下げなければならない状況はさぞ屈辱的だろう。

「しかしぃ、あれですな。傭兵業、でしたか？　なんでも我が領地の魔獣被害を減らしてみせるだとか……これは心からの忠言なのですが、あまりぃ、派手な動きは控えたほうがいいのでは？　ほら、公爵様はそこまで裕福というわけではないのですし……失敗したら……ねぇ？」

（そうだ。こいつを傀儡《かいらい》にして私がのし上がるのもいいかもしれないな）

ドラン男爵の胸に野望の火が燻《くすぶ》る。

自分のように金に選ばれた者が男爵程度におさまっていることが間違いなのだ。

こいつは没落寸前の公爵だが、上手く利用すれば社交界で今以上に立ち回れるかもしれない。

「そんなことはない。貴殿の領地でも我が騎士団は活躍できると信じている」

（我が箱庭で毛むくじゃら共を暴れさせるわけないだろう、この豚めが！）

「私も協力することはやぶさかではありませんよ？　しかし、ほら、色々と問題がねぇ？」

別に、亜人を忌み嫌っているのはドラン男爵だけではない。差別はこの国全体に蔓延《はびこ》っている。

もしも自分の要求を呑まないならどんな噂が流れても知らないぞと警告しておく。

「……何が欲しい？」

果たして、オルロー公爵はこちらの意図を正確に読み取った。

ドラン男爵は満足げに頷き、

「そうですねぇ……討伐した魔獣素材を無料《タダ》で引き取らせてもらいましょうか」

「……ふぅん？」

「もちろん、解体作業はそちらで。他領の私兵を招くのです。それくらい当然でしょう？」

（この傭兵業が優れている点はそこだ。ただ単に魔獣狩りで金を貰うだけでは終わらない）

魔獣は綺麗《きれい》に解体すれば、素材が武具にも家具にもなり、それなりの値がつく。

オルロー公爵の狙いは魔獣を狩るだけにとどまらず、それらを加工した輸出だろう。

彼の企《たくら》みを正確に読み取った上で、ドラン男爵は悪知恵を存分に回したのだ。

（奴《やつ》らが解体した素材だけを無料で引き取れば、魔獣素材の輸出による運用資金の調達が難しくなり、逆に我が領地は魔獣素材の加工を軸に新たな事業を展開していける）

普通はそうならないために傭兵派遣の代金を釣りあげるものだ。しかし、そこはこの交渉で上手く誘導すればいい。ギリギリ赤字になるラインで代金を決めさせる。

（大丈夫。私はできる。この豚は今まで領地を疲弊させることしかできなかった愚図だ）

自領に魔獣発生が絶えないオルロー公爵が戦力を他領に向かわせている時点で、公爵領に金がないことは明白。現に、ラプラス侯爵令嬢のドレスがみすぼらしいことからも、それは明らかだ。

どれだけ足元を見られても目先の金を得るためなら契約せざるを得ないはず。

「……魔獣の解体費用はこちら持ちで、素材をそちらに引き渡す、か」

「おや、お嫌ですかな？　別にぃ、私は構いませんよ？　我が領地はそこまで魔獣被害が多いわけではありませんし……そちらが条件を呑めないなら、今日は友好を温めるだけでも」

ドラン男爵領は山脈からエルファン川が通っており、水資源が豊富な領地だ。牧畜も盛んで乳製品を主な産出物としている。平民の被害さえ無視すれば、魔獣被害も対策済みと言える。わざわざオルロー公爵の傭兵団を招き入れるほど追い詰められてはいなかった。

（さて、どう反応するかな）

条件に応じるならばそれでよし。もし断られれば公爵領の困窮具合を議会に訴えるいい機会になるし、上手くいけば公爵領がお取り潰しになってこちらにも領地の一部が回ってくるかもしれない。そうなったら亜人たちを安く買い叩いて死ぬまで労働力にもできる。ドラン男爵としてはどちらに転んでも構わなかった。

「……」

オルロー公爵は婚約者と視線を交わす。

婚約者が頷いたのを見て、オルロー公爵はこちらに向き直った。

「悪いけど、その条件は却下するよ」

「なっ⁉」

彼の答えは、ドラン男爵の予想だにしないものだった。

(馬鹿なっ！　お前たちは我が領に頼らねば食べるものにも困っているはず……!!)

現に今、オルロー公爵たちの格好はお世辞にも整っているとは言えない。

子爵、いや準男爵といっても差しつかえない服を内心で馬鹿にしていたほどだ。

「むしろこちらから条件を付けさせていただきたい」

オルロー公爵は言った。

「そちらに傭兵団を派兵する条件だが……魔獣素材はすべて買い取っていただく」

「なっ!?」

「加えて貴領の亜人たちの移住許可。希望者は一定の生活保障をした上でこちらに移民してもらう。もちろん、移住の費用はそちら持ちだ」

「ふざけるなっ！　馬鹿げている！」

ドラン男爵は恫喝《どうかつ》するように怒鳴った。

——あり得ない。

——何を考えているんだ。正気か？

こちらは提案を受けずともいいのに、譲歩するなどもってのほかだ。

貴族らしく公爵の立場を利用して無理を言っているのだろうが、実質的な権力などないに等しい豚公爵が地位を振りかざすなど笑止千万。

「何か思い違いをしているようだけどね……」

　オルロー公爵は身を乗り出して、

「ドラン男爵、どうか分かってほしい。僕たちは君たちを助けようとしているんだ。魔獣被害に苦しむ隣の領地を、少しでも助けようと、ね」

「……はぁ、そうですか」

　ドラン男爵のオルロー公爵に対する評価は地の底を突き抜けても足りないほど落ちていた。

（決まりだ。この公爵は我らが潰す）

　ロクにこちらの領地の状況を調査せず、上から目線で物を言うなど失礼にもほどがある。

　ドラン男爵は立ち上がった。

「やはりあなたは噂通り、素晴らしい御仁ですな。公爵様」

「お褒めにあずかり光栄だ」

「お客様がお帰りだ。玄関までお送り申し上げろ」

「はっ」

　執事に指示を下した男爵は虫を見るような目でオルロー公爵を見ていた。

「今日は友好を温められて良かったですよ。では、さようなら」

（さっさと帰れ、この物乞い共めが）

　しかし、公爵側はなかなか動こうとしない。

あまりのしつこさにドラン男爵が苛立《いらだ》ち始めたその時、

「男爵様、本当によろしいのですね？」

それまで二人のやり取りを見ていたベアトリーチェが口を開いた。

「私たちの提案を受けたほうが、あなたのためになると思いますが……」

「いやはや、さすがのご見識ですな。ラプラス侯爵令嬢。しかし結構。我輩《わがはい》に助けは要りません」

尤《もっと》も、とドラン男爵はベアトリーチェの身体を上から下まで舐め回すように見て言った。

「あなたが女性らしい奉仕をしてくれるというなら、話は別ですがね？」

「奉仕とは？」

「そこは言わなくても分かるでしょう？」

下卑た笑みを浮かべるドラン男爵。

ベアトリーチェは屈辱に顔を歪め、扇子を閉じ、立ち上がった。

「行きましょう。公爵様」

「あぁ」

豚公爵の拳がぷるぷる震えていたが、ドラン男爵は意にも介さない。

（ふん。金欲しさに豚と婚約した売女《ばいた》めが。貴様に価値があるのは身体だけだ！）

ドラン男爵がここまで強気なのには理由がある。

オルロー公爵領に隣接する領地のうちあとの二つはシーシル子爵とフォザック伯爵が治めている

のだが、彼らはどちらも反王妃の勢力で、豚公爵の商売に乗る金などないことを知っていたからだ。

さらにドラン男爵は、今回のアポの結果を彼らに共有するつもりでいた。

（事前に根回しを済ませ、始まる前に取引を終える……これが貴族のやり方というものだ！）

二つの領地に拒絶されたオルロー公爵はこちらに泣きつかざるを得ない。

（その時こそ……罠《わな》にかかった獲物を骨までしゃぶりつくす時だ）

思わず笑みがこぼれてくる。

じゅるり、とドラン男爵は舌なめずりした。

「せいぜい強がっているがいいさ。ふふ、はっははははははははは!!」

◆◇◆◇

「ねぇ、アイツ殴っていいかな？」

アルフォンス様は真顔でそう言った。

見送りもしないドラン男爵の屋敷から出て、馬車に乗った途端のことである。

「ダメです。大事な金づるなんですから」

「だってあいつ、僕のベティをあんな目で……」

悔しそうに唇を噛みしめる公爵様に不覚にもきゅんとしそうになったけど……。

そんなことをしたら全部が台なしになるので堪えてほしい。

アルフォンス様は気分を切り替えるように息を吐き出し、

「でも、良かったのかい？　僕たちの目的はあくまでエルバリア領への派兵でしょ？」

「ええ」

「だったらドラン男爵領への派兵なんて頼まず、ただ通らせてくれって言えば良かったんじゃない？　なんか怒らせてしまったような気がするけれど」

「大丈夫です。計画通りですから」

アルフォンス様の言うことは尤もだけど、どの道、普通に頼んだところで通行料をぼったくられるに決まっているのだ。それだけ男爵はこちらを下に見ている。

ならばいっそ、ドラン男爵ごとなんとかしたほうが早いし、安上がりである。

社交界で噂を広げるために最終的にはエルバリア領へも派兵するけど、隣の領地であるドラン領へ派兵したほうが出征費は安く済むし、遅かれ早かれ交渉しに行こうとは思っていた。

「私、ああいう自分のことしか考えない貴族とか許せないんですよね。亜人嫌いで、富を貯《た》め込《こ》み、民草を虐げる。私の大嫌いな三要素が揃ったあの男爵は叩きのめしてやります」

アルフォンス様は引《ひ》き攣《つ》った笑みをこぼした。

「あんまりやりすぎないようにね」

「ご心配なく」

私はにっこりと笑う。

「殺さずに生かす方法は熟知しております。死ぬまで搾り取ってやりますよ」

（そして彼に虐げられている亜人族を解放して、オルロー公爵領をもふもふの楽園に作り替える……！　お金を儲《もう》ければ儲けるほど私の癒《いや》しは増えていくという寸法よ。うふふふふ！）

黒い笑みを隠しきれない私にアルフォンス様は笑った。

「君が僕の婚約者で、本当に良かったよ」

「……褒めても何も出ませんからね？」

「照れてるところも可愛いよ」

「〜〜〜〜〜〜っ、ばか！　もう知りません！」

◆◇◆◇

オルロー公爵家との会談から二週間後。

ドラン男爵はお気に入りの茶葉を仕入れようと馴染《なじ》みの商人と会っていた。

貴族が直接商人と会うことは珍しいが、さまざまな国の茶葉を仕入れる男の話は良い情報源にもなる。ドラン男爵は商人を重用し、こうして商談の機会を設けていた。

ただ、今回の商談は様子が違った。

いつも自信ありげに入室してくる商人がどこかおどおどしたような顔をしていたのだ。

「どうした、今日は顔色が悪そうだが？」

「あぁいえ、その……はい」

座るように促すも、商人はなかなか席に着こうとしない。

痺《しび》れを切らした男爵が口を開こうとした瞬間、商人はその場で頭を下げた。

「申し訳ありません!!　実はご注文の品を用意できず……」

「……なんだと？」

ドラン男爵は眉根を上げた。

「どういうことだ。あれは我が領で栽培している茶葉だろう？」

「はい。そのぉ、実は茶畑が魔獣にやられたようでして……」

「は？」

（おかしいな。あそこは魔獣に襲われるはずがない場所だが）

ドラン男爵は顎に手を当てながら考える。

魔獣が人間の畑を荒らすという事例はもちろん知っているが、しっかり対策をしているはずだった。平民の家々ならいざ知らず、自分のお気に入りの場所が被害を受けるようなヘマはしない。

ただ一つ考えられるとすれば、人間が魔獣を誘導したという可能性だが……。

（……まぁ、いい。念のために警備を増やしておくか）

「分かった。魔獣は天災のようなものだ。そなたが気に病む必要はない」

「そ、そうですか？」

「あぁ。その代わり、次の注文の時は……分かるな？」

「はっ！　それはもちろん、勉強させていただきますとも……！」

いつもの半額で取引をするように要求をした男爵。

お気に入りのお茶が入手できなかったのは残念だが、一度の失敗で情報源を切り捨てるような男爵ではない。次は半額で三倍の量を注文すれば節約にもなる。

無論、商人のほうは赤字になるだろうが、そんなことは知ったことではない。

（ふははは！　金が貯まる貯まる！　次はどんな彫刻を買おうか……！）

久しぶりに妻にドレスを贈ってもいいかもしれない。やれ流行がどうのとうるさい妻はドレスが大好きなのだ。あるいは貴族院に通う娘が喜ぶようなものでもいいだろう。

（やはり金！　金はこの世を支配する！）

ひとしきり愉悦を感じたところで、ドラン男爵は身を乗り出した。

「それで、最近はどうだ。他領の様子は？」

「そうですね……どこも落ち着いてますね。リーベル子爵領では武具の仕入れをしていたようです。また、フリューベルク伯爵領では小麦の値段が上がっていましたね。もし男爵様がお許しくださるなら、男爵領の小麦を売りに行くのもアリだと思っているのですが」

「ふむ。小麦か……まぁ、いいだろう。うちは小麦など有り余ってるからな」

あくまで男爵家に溜め込んでいるだけで平民に十分行き渡っているかと言えばそうではないのだが——ドラン男爵は素知らぬ顔で続ける。

「それで、オルロー公爵領のほうは？」

「あぁ。あそこはダメですね。もうほんとダメです。仕入れられるものもないし、売りつけるようなものもない。獣臭くて、あそこの領から持ってきただけで門前払いを受けるらしいですし。うちじゃあそこの商品は扱いませんねー……魔石なら話は別ですけど」

「やはりそうか」

（あの会談での妙な自信はブラフ。この我輩を騙《だま》そうとしてもそうはいかんぞ）

こうなれば、自分に泣きついてくる日も遠いことではあるまい。

周辺の領地で小麦の値段が上がっているなら尚《なお》のこと、公爵家は金に困っているはずだ。

（食糧を自給できない奴らは我輩に頼るしかない。フハハハハ！　ざまぁ見ろ、豚野郎め！）

ドラン男爵は気付かない。

商人が仕入れている情報そのものが、操作されたものである可能性に。

欲望に目を曇らせた男爵は、気付けなかった——。

「――――――っ!!」

「お、王虎《おうこ》が出た！　逃げろ、逃げろ!!」

「一個小隊じゃ相手にならん。今すぐ援軍を呼んで来い！」

ドラン男爵が決定的な違和感に気付いたのはさらに一週間後のこと。

いつものように森で狩りを楽しもうとしたら、魔獣に襲われたことがきっかけだ。

幸いにも怪我はなかったが、絶対に安全だと思っていた場所に魔獣が現れた衝撃は大きかった。

森から出た草原で男爵は荒く息をついている。

「ハァ、ハァ、どういうことだ。ここにはエリーゼ草を植えておいたはずだろう！」

「か、確認してきましたところ、実はエリーゼ草が全部枯れているようでして」

「なにぃ!?」

筆頭執事の言葉に、ドラン男爵は飛び上がった。

「なぜだ！　魔獣はアレの匂いに敏感で近付けないはず……人為的なものか!?」

「目下調査中です……」

「えぇい、調査など遅すぎる！　今すぐ新しいのを持って植えてこい！」

「それが、既に在庫は空になっています。そもそも男爵閣下が平民の農地を守る分のエリーゼ草をここに植えていたわけで……」

――おかしい。不運と呼ぶにはあまりにもできすぎている。

しかしその不運は、まだ終わりではなかった。

怪我の治療を終えて屋敷へ帰ろうとしているところに早馬が飛び込んで来た。

「閣下！　ご報告申し上げます！　男爵邸に群衆が押し寄せており……！」

「は？」

「食糧の供給と魔獣退治を求めています。至急対応されませんと……」

ドラン男爵は自身の敷地《しきち》に優先的に魔獣除けの香草――エリーゼ草を植えることで財産を守っていた。しかし、魔獣除けは殺虫剤のように魔獣を殺すわけではなく、言い方を変えれば別の場所に魔獣を誘導する諸刃《もろは》の剣だ。自分のことしか考えない男爵は平民の土地がどうなろうと知ったことではなかったが、そのツケがここに回ってきていた。

「き、騎士団は何をしている！」

「平民の鎮圧に乗り出していますが、いかんせん魔獣の数が多く……このままでは」

「……今すぐ屋敷へ戻る。我輩の財産には絶対に手を出させるな！」

幸いにも騎士団のおかげで平民たちの暴動はおさまった。

結局のところ、武器を持つ騎士団に平民たちが敵う道理はない。

ただ、騎士団には平民出身の者たちも多く、その不満が男爵に向けられていることは言うまでもないだろう。豪華な執務椅子に座りながら、ドラン男爵は頭を抱えた。

(ついこの間、小麦を輸出したばかりで在庫が少ない……加えて魔獣被害で収穫高が激減。領内で飢餓が広がっている……このままでは本格的な暴動が起きて、我輩は没落……!)

自領の騎士団を魔獣退治に向かわせているが、追いついていない。

王国騎士団に要請をしてみたが、『魔獣の増加具合が曖昧で対応できない』とのことだった。

どこの領地も魔獣被害には悩まされている。

大災厄《スタンピード》──魔獣の大発生でも起きない限り王国が動くことはない。

ドラン男爵の打てる手は一つだった。

「至急公爵家に早馬を向かわせろ。先日の取引を再考したいとな!」

「仰せのままに」

執事に公爵へ手紙を出させるが、しかし。

『準備を整えて出立する。三日ほど待たれたし』

ドラン男爵は手紙を握りつぶした。

普通なら家格が上の貴族にアポを取った返事を三日待つのは当たり前だ。

むしろ三日なら早いほうと言えるが、今のドラン男爵には長すぎる。

ドラン男爵は脂汗を垂らしながら唇を嚙みしめた。

(……間違いない。見透かされている)

──この状況で一番得をしているのは誰だ?

損得勘定が大の得意であるドラン男爵は、すぐにこの事態の黒幕に思い至る。

「奴らだ……間違いない。奴らが仕組みやがった!!」

三日。

平民たちが再び暴動を起こさず、なおかつ男爵領の食糧が尽きない期間。

奴らはこちらの状態を把握して自分たちを高く売りつけようとしているに違いない。

「くそ……」

がっしゃーん！　ドラン男爵は机の上の物を腕で払いのけた。

「くそ、くそ、くそぉおおおおおおおおおおおおおおお！」

執事や妻がいくら止めても男爵は癇癪《かんしゃく》のままに暴れ回る。

しかし、それでも。

ドラン男爵には、待つしか道はない。

◆◇◆◇

——獲物が罠にかかった。

ドラン男爵から手紙を受け取った私たちはたっぷり三日開けて男爵領へ赴いた。

以前と同じように男爵邸から出てきたちょび髭男は白髪が増えて痩せこけている。

目の下にはひどい隈《くま》ができていて、具現化した疲労感が背中にのしかかっているようだ。

それでも精一杯の見栄《みえ》を張っているのか、ドラン男爵は笑みを浮かべて、

「ようこそおいでくださいました、公爵様方。ささ、中へどうぞ」

（ふふ。へこへこ頭を下げちゃってまぁ。この前は明らかにこちらを見下してたのにね？）

もうずいぶん痛い目に遭っているけれど、こんなもので終わらせる私ではない。

急ぎ足で天鵞絨《ビロード》の絨毯《じゅうたん》を進むドラン男爵を横目に私は立ち止まった。

「まぁ。アルフォンス様、こちらをご覧になって？　綺麗な女神像だこと」

「本当だ。地母神マーラの像かな？　丁寧に彫られているね」

「さすがはドラン男爵だわ。本当にさまざまな調度品をお持ちで……あれなんて……」

博物館にデートに来たカップルのように、ゆっくり調度品を眺める私たち。

一秒すら惜しい男爵は苛立ったように言った。

「お二方、できれば早めにお願いしたいのですがね。そちらと違ってこちらは忙しい身なので」

「まぁ！　まぁまぁ！」

私は大仰に目を見開き、わざとらしく口元に手を当てた。

「アルフォンス様、男爵様はお忙しいそうよ。この前はゆっくり見ていけとおっしゃっていたのに、今日はダメみたい。せっかくのご招待だけれど、日を改めて出直しませんか？」

「え」

「そうだね。前はゆっくり見てほしいって言ってたし。そうしようか」

急いで本題に入りたい男爵と、余裕のある私たち。

その構図は、先日訪問した時とはまるっきり逆になっていた。

ドラン男爵の顔が面白いくらい真っ青になる。

「では男爵、せっかくだがまた後日――」

「いや待て――待ってください！　話はまだ始まっておりません！」

「あらそう？　でもお忙しいのでしょう？」

「お二方のために取る時間はあります。ですからどうか……！」

私はにやりと笑った。

「そうね、そうしたらお邪魔しようかしら」

「取引の話もしたいしね。前向きに考えてくれるんだろう？」

「も、もちろんです……」

（ふふ。あー、スッキリした。牽制はこれくらいでいいかしら）

これでどちらが主導権《イニシアチブ》を取っているか分かっただろう。

そう、私たちはあくまで狩人《かりゅうど》。

今からお金を毟り取られる男爵は哀れな獲物なのだ。

以前と同じ応接室で、同じ配置。偉そうな態度でアルフォンス様はソファにもたれかかった。

屋敷の主かの如く、彼は口火を切る。

「今日は僕の代わりにうちのパートナーが話すよ。構わないよね、ドラン男爵」

「よろしくお願いしますわ」

ドラン男爵の目がにわかに輝いた。

「はぁ……ラプラス侯爵令嬢が、まぁこちらは構いませんが」

明らかに緊張が和らいだ。おそらく、私を女だからと侮っているのだろう。

その証拠に、彼は横柄に背もたれに身体を預け、葉巻に火をつけた。

「ふぅ……では、取引を。まず我輩からの条件ですが――」

「私たちからの条件は以前と同じですわ」

うふふ。侮るなら好都合だわ。

私は油断たっぷりのドラン男爵へ先制攻撃を仕掛ける。

「まずは先日出した条件の確認ですが……」

一、傭兵の派兵は月に一〇〇万ゼリルとし、契約は一年単位での更新制とする。
二、魔獣素材はすべてドラン男爵側が買い取る。
三、迫害を受けている亜人たちの生活保障・および公爵領への移住許可。
※なお、移住する場合はすべて男爵が費用を持つこととする。

私が書き連ねた文言に男爵は渋々といった様子でため息を吐いた。

「……仕方ない。獣臭いのは我慢してや――」

「これに加えて」

私はにやりと笑った。

「四、双方間での貿易における通行税・関税の撤廃、傭兵団の永続的通行許可、および男爵領に魔獣税を設け、魔獣商品の売り上げから月に二〇％を公爵領へ納めるものとする」

「はぁ⁉」

これが何を意味するかというと――要するに、男爵側がどれだけ魔獣素材を加工して商品を作ろうが、二〇％は私たちの取り分になるということだ。当然、男爵の儲けは雀の涙になる。

「ふざけるな！　そんな提案呑めるわけがないだろう！」

「別に構いませんよ？　うちは別に困っていないですからね」

「ぐ……足元を見やがって……そちらとてうちの小麦がなければ……！」

「これまではそうでしたが、今はもう要りませんね」

確かに、私が来るまでオルロー公爵領の食糧はドラン男爵領からの輸入に頼っていた。

今までアルフォンス様は自領で小麦を栽培し、どうにか輸入費用を安く抑えられないかと苦心してきたけれど、私たちが今育てているアルカ芋なら、十分な量を公爵領に行き渡らせることが可能だ。

ドラン男爵は勘違いをしている。私たちは小麦が欲しくてここにいるわけではない。

「──そもそも公爵の名代《みょうだい》を任されている私にその態度、いかがなものかしら」

身分を弁《わきま》えろと私は忠告する。

私が馬鹿にされた時にアルフォンス様が怒ってくれたように、私もムカついていたのだ。

(私の婚約者をどれだけ馬鹿にすれば気が済むの？　ふざけんじゃないわよ)

「……申し訳ありません」

(ふふ。自分の立場は分かってもらえたかしら。あなたの財産を毟り取るのはこれからよ？)

「それで、どう？　条件を呑む？」

「……無理です。関税の撤廃ならまだしも……魔獣税が二割など馬鹿げている」

私は立ち上がった。

「どうやらお話は終わりのようですね。帰りましょう、アルフォンス様」

「うん、分かった」

「ま、待て！　いや待ってください！　七％！　七％でどうだ⁉」

「アルフォンス様、何か聞こえます？」

「あいにくと、君の可愛らしい声しか聞こえないな」

「まぁ。お口がお上手ですこと」

「……っ、分かった、一〇％だ。これ以上は出せん！」

私はおもむろに振り向き、ドラン男爵の焦り顔をじっと見つめた。

「……エリーゼ草」

「⁉」

その瞬間、ドラン男爵の肩が跳ねあがった。

「な、何を」

「魔獣除けの香草として知られるエリーゼ草ですが、ご存じですよね？」

「そ、それはもちろん、知っているが」

「ならばエリーゼ草の栽培が法律で規制されており、王国が許可した地域にしか植えることを許されていないのは？」

ドラン男爵は顔を蒼褪《あおざ》めさせ、滝のような汗を流し始めた。

――これこそ私が馴染みの情報屋から聞いた、ドラン男爵の致命的な弱みだ。

ドラン男爵は自分の私有地に不正にエリーゼ草を植えて魔獣が近付かないようにした。けれど、エリーゼ草はあくまで魔獣を遠ざける働きを持つだけで、魔獣を殺すような香草ではない。だからよその土地に魔獣を押し付ける結果となり、歴史的にはこの草が原因で戦争になったこともある。

だが、彼は悪代官。彼の遠ざけた魔獣が平民の農地に行っても、知らぬ存ぜぬで通していた。尤も、そのせいで平民への被害が激増し、暴動まで起きたらしいが。

ドラン男爵がやった私的なエリーゼ草の栽培は、王国法に照らせば死刑にあたる。

「男爵様はとても貴族らしいお方ではありますが……どんなに晴れている空でも雲は移ろうもの。雨だって降りましょう。時には嵐だって来ることもあります」

秘密がバレたらどうなるか想像しなさい、と私は仄《ほのめ》かす。

もちろん、彼の私有地に忍び込んでエリーゼ草を枯らしたのは私の指示だし、ドラン男爵が気に入っている商人に隣の領地で小麦が高く売れているらしいと噂を流したのも、パトラに言って社交界にその噂を流させたのも、全部私たちの仕業だ。

けれど、あくまでも私たちがどこまで知っているのかは言わない。

知らないことが彼の恐怖になる。

「そ、それは」

ドラン男爵は子供を人質にとられた父親のように弱々しく呟いた。

「取引の条件に……含まれるのですかな？」

「そうね。お互いの事業には口出ししないと明記しましょう」

(あくまで私たちが手を出さないだけで、他の人たちは知らないけどね？)

「……な、ならば」

男爵はぐっと奥歯を噛みしめ、絞り出すように言った。

「一一%……」

「はい？　よく聞こえませんねぇ」

「一二%だ。それだけあれば十分だろう！」

ニィ、と私は口の端を吊りあげた。

「一五%。これ以上は引きませんわ」

「なっ」

「嫌なら結構ですわよ？　公爵位であらせられるアルフォンス様を呼びつけ、財力を振りかざした挙句、おのれのせいで害を被《こうむ》った領民を見捨て、しかも窮地を脱するチャンスを自ら捨てる領主……果たして領民がいつまで耐えられるか見ものですね。あー、そろそろ時間が……アルフォンス様？」

「そうだね、ディナーの予約に遅れてしまう。帰ろうか」

ドラン男爵が勢いよく立ち上がり、私を指差した。

「分かった、分かった！　一五%だ！　それで契約成立といこうではないか畜生め！」

「……はぁ。言葉遣いがなっていないようですが？」

(まだ立場が分かっていないのね)

私は顎を反らし、虫を見るような目でドラン男爵を見る。

じり、と怯《ひる》んだ男爵に向けて居丈高に言い放った。

「契約させてください、い、い、い、の間違いでしょう？」

「……ぐ……ぅう……」

ドラン男爵は膝をつき、頭を垂れた。

「契約、させてください……お願いします……オルロー公爵様、ラプラス侯爵令嬢……」

「男爵はこうおっしゃっていますが、いかがされますか、アルフォンス様?」

「許そう」

アルフォンス様は冷たい眼差《まなざ》しで言った。

「だが……次に僕の婚約者を愚弄すれば、僕も公爵として動く。心にとどめておくように」

「はは——っ!!」

こうして、私たちはドラン男爵と傭兵契約を結んだ。

毎月一〇〇万ゼリルに加えて魔獣税として振り込まれる金額も馬鹿にならない。

公爵領の収入はまたたく間に上向き、男爵邸からは調度品が消えていったという。

あとはエルバリア領へ行って傭兵業を盤石にするだけである。めでたし、めでたし。

幕間《まくあい》　華麗なる暗躍

ジェレミー・アウグストは机の上で肘を突き、手の甲に顎を乗せて虚空を睨《にら》んでいた。

机の下で小刻みに足が床を叩《たた》き、重苦しい空気がその場を支配している。

側近である細身の男が遠慮がちに口を開いた。

「殿下、また請求書が届いておりますが……」

「分かっている。ランバール、お前のほうで先方に返事をしておけ」

「分かりました。あの、本当にお金の工面先はあるんですよね？」

側近が目をやったそこには、山ほど積まれた請求書がある。決済期日が間近に迫っていることもあり、側近の声は切迫していた。

「ラプラス侯爵令嬢の化粧品事業を再開したのはいいですが、資金がもう……」

「そんなことは貴様に言われなくても分かっている！」

ダァン‼　ジェレミーが机を叩くと、側近たちの肩が跳ねあがった。

怯《おび》えきった目で自分を見つめる側近たちに、ジェレミーはそっと目を逸《そ》らした。

「……いや、すまない。八つ当たりだった」

「いえ……」

「悪いが、少し一人にしてくれ」

側近たちが部屋を出ると、ジェレミーは血が滲《にじ》むほど唇を嚙《か》みしめた。

「なぜ金が届かない？　ラプラス侯爵は何をしているんだ……！」

あのオルロー公爵の婚約者になったベアトリーチェに対する支援金の請求。

その返事が一向に届かないことでジェレミーは追い詰められていた。

ベアトリーチェが計画した化粧品作りを再開したのはいいが、借金で賄っていた資金が尽きたのだ。すぐに金が入るから問題ないと製造した化粧品の山が倉庫に眠っている。

それだけではない。

「エルバリア商会め……!!　俺たちの商品を盗みやがって……!!」

社交界きっての大手であるエルバリア商会が、ジェレミーの計画とそっくりの商品を販売し始めたのだ。名前を変えただけのほぼ同じ商品に抗議したが、ジェレミーの声は誰も聞いてくれない。

曰《いわ》く、ジェレミー商会の商品はエルバリア商会の劣化品である。

曰く、流行遅れの商品を売り始めた商才のないダメ王子。

曰く、元婚約者に冤罪《えんざい》をかけた、歴代最悪の王太子。

なぜか社交界に流れ始めた噂《うわさ》により、夜会でジェレミーを見る人々の目は日々冷たくなっている。

人件費の未払いが続いているため、ジェレミー商会の職人たちの離職率はうなぎ上りで、流通を依頼している商会にも警告を受ける始末。このままでは不味《まず》いとジェレミーは思っているのだが。

「でーんか♡」

扉を開けて執務室に入ってくる現婚約者は、お気楽にスキップを刻むのだ。

「レノア……今は仕事中だ。あとにしてくれと言っただろう？」

「え～。そう言ってもう三時間経《た》ちましたよ？　仕事なんて側近に押し付けちゃえばいいんですよ。だって殿下は王太子様なんだもの！　ね、二人で楽しいことしましょう？」

ジェレミーは思わず怒鳴りつけそうになった。

しかし、寸前で先ほどの側近たちの顔を思い出し、努めて声を抑えて言った。

「そう思うなら、少しは仕事を手伝ってくれてもいいじゃないか」

「わたくしー、数字って苦手なんですよね。そういうの、文官の仕事じゃないですかー？」

「ハァ……」

これである。レノアと共に商会を始めたはいいが、彼女はほとんど、いや一切仕事をしない。

文官や側近たちに仕事をすべて押し付け、商会長としての甘い汁だけ吸っている状態だ。

正直、仕事を放って遊《あそ》び呆《ほう》けている彼女に対し、側近たちからも抗議が入っている。

「ベアトリーチェは手早く仕事を終わらせたのに……」

「え？」

ハッ、とジェレミーは顔を上げた。

驚くほど冷たい瞳をしたレノアが自分を見下ろしている。

「殿下。今、なんて？」

「な、なんでもない！　なんでもないとも。レノアは大船に乗ったつもりで構えていてくれ。ちょっと今は大変なんだけど、乗り切ってみせる。だから、見捨てないでくれるか……？」

レノアの顔がパァッと華やいだ。

「はい！　もちろんです。わたくし、殿下のこと愛してますから♡」

「そ、そうか。良かった……君に見捨てられたら、生きていけないから」

ジェレミーは心の底から胸を撫《な》でおろし、立ち上がった。

「君の言う通り、仕事ばかりしてたら肩が凝る。少し遊びに行こうか」

「わーい！　殿下、大好き♡」

「俺も愛しているよ、レノア」

（君を繋《つな》ぎ止《と》めるためなら、どんなことでもやってみせる）

唇を合わせてきたレノアに応えながら、ジェレミーは据わった目で虚空を睨んだ。

だから、彼は気付かなかった。

「……そろそろ、潮時かしら」

掻《か》き消《き》えそうなほど小さく。

自分を抱きしめる女が思わず発した言葉を。

愛に溺れるジェレミーは、気付くことができなかった——。

どれだけ甘い夢に浸ろうとも、現実は否応《いやおう》なく追いかけてくる。

後日、ジェレミーはベアトリーチェの生家であるラプラス侯爵家を訪れていた。

「どういうことか、説明してもらおうか」

ラプラス侯爵家の執務室は張りつめた緊張感に満ちていた。

応接ソファに座っているのは屋敷《やしき》の主であるヘンリック・ラプラス侯爵だ。

ジェレミーは眼前、だらだらと冷や汗を流しているベアトリーチェの父を睨みつけた。

「俺に送られるはずだった支援金が、母上に送られていると、そう言ったのか？」

「は、はぁ。それは、そのぅ、なんと言いますか」

ヘンリックはもみ手をしながら、肩を縮こまらせた。

「ど、どうやらそのぅ、王妃様が銀行に根回しをしていたようで……」

「根回し？」

「ジェレミー殿下宛に送金する場合は、まず自分に送金するようにと……書記官が買収されていたようです」

王妃と王太子。絶対に逆らえない王族の間に立たされたヘンリックは弁明した。

「わ、私とて殿下に送金したかったのです！　確かにその気になれば無理やり殿下に送金もできたでしょう。ですがその……分かるでしょう？　王妃様に逆らったら我が一族はどうなることか！

それで仕方なく……そのぉ……」


——だんッ!!


ジェレミーはオーク材の机を勢いよく叩いた。

湯気の立つお茶が入ったカップが驚いたように音を立てる。

「ラプラス侯爵。あなたはこちら側だと思っていたが？」

「そ、それは」

「すべてはあの気に入らない女を陥れるため——そう同盟を結んだはずだよな？」

「も、もちろんです。だから婚約破棄にも同意したでしょう」

ジェレミーはびくびく震える侯爵を見ながら歯噛みする。

（クソ。こんなところにまで母上の手が及んでいたなんて……！）

実のところ、今回の婚約破棄、ジェレミーはかなりほうぼうに手回しをしていた。

父である国王とラプラス侯爵には承諾を得ており、事前に伝えなかったのは母だけである。

——ジェレミーの人生はすべて母の言いなりだった。

服装、髪型、友人、学問、事業、婚約者、派閥……。

ありとあらゆることに干渉する母に、ジェレミーはすっかり参っていた。

自分は母の操り人形ではない。

自分の人生は自分のものだ。自分だけの何かが欲しい。

母が選んだ婚約者を見ていると、母の面影がちらついていつも苛々《いらいら》した。

あれをしろ、これをしてはいけないなどと、いちいち自分に指図してくる。

母の操り人形に命令されている気分になって――陥れることに決めた。

夜会を去っていく時のベアトリーチェの顔といったら！

思い通りにこそならなかったが、あの時ほどスッキリしたことはないとジェレミーは思う。

自分が選んだ最愛の女性と添い遂げられるのだと思うと気分が高揚したものだ。

それなのに……。

（また母上が邪魔をした……！　クソ！　なんでこうも上手《うま》くいかない⁉）

レノアも自分たちの仲が認められないことを気にしてか、頻繁に執務室にやってくる。最初は愛らしくて可愛《かわい》いものだと思っていたが、だんだんと仕事の邪魔をされるのが疎ましくなってきた。

一緒に出かけても、やれドレスだの、やれ流行だの、興味のない話ばかり。

もっと自分たちの事業に関心を持ち、できれば仕事に励んでほしいものだが……。

（そういう意味では、ベアトリーチェの時は楽だった。打てば返してくれたからな）

その半面、金にがめつく、口うるさく、母の影がちらつくという致命的な欠点があったが。

（大丈夫だ。レノアも母上に認めさせたら落ち着くはず）

「レノアとの仲を認めさせるには金が必要だ……侯爵」

「む、無理です！　我が領地にこれ以上のお金は……」

「なら、あなたが母上に話してくれ。王子の金を返せ、となＪ
その時だった。

「その必要はありません」

凜《りん》とした声が響いた。

二人が弾《はじ》かれたように振り返れば、よく知る貴婦人が立っていた。

「あ、あなた様は……!!」

「母上!?　なぜここに……！」

ジェレミーと同じ金髪を優雅に編み上げ、豪華なドレスを纏《まと》っている。

身に着けているのはすべて高級品で、白皙《はくせき》の美貌は年齢を感じさせない。

アウグスト王国第二十代国王夫人にして宰相。

ジョゼフィーヌ・フォン・アウグスト。

「愚かしいこと」

底冷えするような光を宿した、切れ長の目がジェレミーを捉えた。

「お前、なぜと言いましたの？」

「え、や、それは、西方諸国連合へ行っていたはずじゃ」

「別大陸に行っただけで息子の動向に気付かないようなあたくしだと思って？　あなたたちの動向

はすべて把握済みです。愚かな夫は既に折檻《せっかん》したわ。あとはお前と侯爵だけね」

「ひっ」

ジョゼフィーヌは扇の端で息子の顎を持ち上げ、目を細めた。

「ねぇジェレミー。お前、今何を考えていますの？　あたくしを出し抜く方法かしら？」

「……っ」

ジェレミーは沈黙した。

沈黙こそが何より雄弁な答えだった。

見透かしたように蠱惑《こわく》的に嗤《わら》ったジョゼフィーヌは言う。

「そう。あたくしを嫌っているヨゼフ騎士団長に頼るつもりかしら？　あるいは金で買収した商会ギルド長？　あるいは愛《いと》しのレノアが父、宮廷魔術師のオズワルド・ヒルトンかしら？」

エメラルドの瞳は魔性を秘めている。

まるで心の底をすべて見透かされるような、恐ろしい瞳《め》だった。

思わず生唾を吞《の》み込《こ》むジェレミーに、ジョゼフィーヌはにこりと笑って一言。

「いずれも既に掌握済みですわ」

「……‼」

「そもそも、ヒルトンを重用したのはあたくしよ。その程度のことにも気付けないなんて」

ジョゼフィーヌが離れると、ジェレミーはずるずると床に座り込んだ。

「あたくしもね、西方諸国に備える前に国内の害虫駆除を済ませなかったことを反省しているわ。だって、あなたがここまで周りに毒されるとは思わなかったもの。もう少し強い子だと思ってたけど……やれ子供の自由だの、やれ自分の人生だの……やはり貴族院は毒ね。あそこも近いうちに掃除しなきゃ」

「は、母上、あの」

「母上！　俺は……いえ、私は、レノアと本気で……！」

「本気で……ねぇ。お前、なぜアレが自分に近付いてきたか分かっているの？」

「……？　俺のことを好きになったから……？」

本気で首を傾《かし》げたジェレミーにジョゼフィーヌは「ふぅん」と目をすがめた。

「……まぁいいわ。結婚を認めてあげる」

ジェレミーは目を見開いた。

思い描いた愛しのレノアとの結婚生活が彼の頭を駆け巡る。

「そ、それでは、早速――」

「但し条件があります」

ジョゼフィーヌは冷然と言った。

「ベアトリーチェを連れ戻しなさい」

「なッ」

「アレは有用な女です。現にあなた、アレを追い出してから仕事の質が落ちているでしょう?」

それは事実だった。ジェレミーには王太子として各領地からの陳情処理や国王付きの文官たちが担当するさまざまな仕事が割り振られていたが、そのすべての質が低下し、ほうぼうから苦情が来ていた。ベアトリーチェが出ていった影響が大きいことを、彼自身も理解している。

「正妃が嫌なら側妃《飼い犬》にしなさい。離れに閉じ込めておけば顔も合わさないでしょう」

「……確かに、それなら」

「アレにはそれだけの価値がある。手放してはダメよ」

「ですが周りが」

ジョゼフィーヌはあからさまにため息を吐いた。

「周りなど黙らせればいい。それができないからあなたは未熟なの」

「……っ」

悔しげに俯《うつむ》くジェレミーに、

「何をしているの? あなたはボールを投げてやらないと取りに行けない駄犬じゃないでしょう?」

「……失礼します」

辛辣に告げたジョゼフィーヌにこれ以上逆らっても無駄だ。

その場をあとにしたジェレミーはきつく拳を握り——。

エメラルドの瞳に、野望の火花が弾けた。

「ベアトリーチェ……絶対に連れ戻してやる！」

◆◇◆◇

「さて、次はお前ね。ヘンリック」

「……お、王妃様」

我が物顔でソファに腰を下ろすジョゼフィーヌ。

屋敷の主であるはずのヘンリックは寒さに震える子犬のように身を縮こまらせた。

「あの」

「あたくしとあなたの約定は覚えているわよね？」

「は、はい」

「ふぅん。なら言ってみて？」

ヘンリックは恐怖で顔を強張《こわば》らせながら言った。

「ベアトリーチェを王族であるジェレミー殿下の婚約者とするならば、ジョゼフィーヌ王妃がラプラス領を支援する……と」

「そうね。じゃあなんでこうなっているのかしら」

ジョゼフィーヌはあくまで静かだ。

しかし、静かだからこその為政者の威圧感がヘンリックを襲っていた。

「し、仕方なかったんです！」

ヘンリックは身を乗り出し、

「私とて王妃様との約定を優先したい気持ちはありました。しかし、ジェレミー殿下が従わなければどうなるか分かっているのかと脅してきて……！　王族の意向に逆らえず、やむなく……だ、大体！　あんな娘がいたところで何も変わりません。アレはただ傲慢で知識を振りかざして悦に入る子供のようなもので……」

「もういいわ」

ジョゼフィーヌは扇を口元に当てた。

「つまりお前は、あたくしに人を見る目がないと言っているわけね」

「それは……！」

「違うの？」

ヘンリックは口を開きかけ、唇を噛みしめ、そして俯いた。

「……っ、申し訳、ありません……」

「あなたの言い分はお湯に浮かべた氷のようね。娘のおかげで侯爵家があることも忘れたの？」

ジョゼフィーヌが今回の婚約を進めたのはラプラス領の経営を立て直したベアトリーチェの能力

を評価してのことだ。そこにヘンリックの意思は関係ない。そもそも、この父からよくぞあのような娘が生まれたものだとジョゼフィーヌは思っていた。

「これで西方諸国との貿易をしくじっていたら隠居してもらっていたのだけど」

「……っ」

彼女の言う『隠居』が何を意味するのか分からないヘンリックではない。

アウグスト王国の実権を握っているのはジョゼフィーヌなのだ。

事故に見せかけて殺すのも、難癖をつけてラプラス領を接収するのも簡単なことである。

「これでベアトリーチェさえ手に入れば……ハァ。本当に使えない男ばっかり」

「お、王妃様……」

ジョゼフィーヌは扇を額に当てた。

そして忌々しげにヘンリックを睨みつける。

「よりにもよってアルフォンスのところに嫁がせるなんて」

他の領主のところならいくらでも手は打てた。

しかし、アルフォンスはジョゼフィーヌの甥《おい》にあたる男だ。

(あの子に政治的な手腕はないに等しいけど……)

不遇な領地だが、嫁入りしたのはベアトリーチェだ。

あの娘なら、誰もが不可能と断じる公爵家の復興を成し遂げてしまうかもしれない。

ジョゼフィーヌはベアトリーチェの経営手腕を正しく評価していた。

（もしかしたら既に軌道に乗せたあとかも。あぁ忌々しい。本当に下手を打ってくれたものね）

オルロー公爵領があるソルトゥードは火薬庫だ。

亜人たちを押し込めた結果、下手に触れられない領地となっている。

公爵家の復興を成し遂げ、亜人に優しい公爵夫人に領民たちは何を思うだろう？

もしも下手を打って王家が怨《うら》みを買えば、第二次亜人戦争に発展する恐れすら……。

ギリ、とジョゼフィーヌは奥歯を噛みしめた。

「本当にやってくれたわ……ヘンリック。この怒り、どうしてくれようかしら」

「わ、私は」

「お前なんていくらでも替えは利くのよ。分かってる？」

「ひッ」

情けない悲鳴をあげ、僅かな自尊心が失《う》せた愚かな侯爵。

顔が土気色に変わるまで怯えたヘンリックを見てジョゼフィーヌは少しだけ溜飲を下げた。

そっと息をつき、これからのことに考えを巡らせる。

（仕方ない。ジェレミーを使って探りを入れてみようかしら）

予想以上に使えない息子だが、捨て駒にはちょうどいい。

あれを囮《おとり》にすれば、オルロー公爵領がどうなっているかくらいは分かるだろう。

（やれやれ。あたくしは国のために働いているだけだっていうのに、まったく）

——そして彼女は、動き出す。

第四章　絆《きずな》の証明

アルカ芋の栽培と傭兵《ようへい》業は面白いようにハマった。

ずれていた歯車が噛《か》み合《あ》い、開始からたった三ヵ月で公爵領の経営は右肩上がりだ。

パトラのおかげで社交界でもウチの傭兵業は噂《うわさ》となり、今や派兵の依頼が山と来ている。

このまま軌道に乗せていけば、公爵領は問題なく復興に向かうだろう。

そんなこともあってか——。

「ねぇベティ。デートしない？」

「……は？」

執務室で一緒に書類を片付けていたら、アルフォンス様がそんなことを言い出した。

書類から顔を上げると、彼は頬杖《ほおづえ》をついて微笑《ほほえ》む。

「デート？」

「そう、二人でお出かけしないかって誘い」

「デート」

デート、デート、デート……。

その言葉が意味するものに理解が及び、私は弾《はじ》かれるように立ち上がった。

「でででで、デート⁉」

「そんなに慌てることないんじゃないかな」

「だって、デートって、あれじゃないですか。男女が、その、仲を深めるために行う儀式のような……！」

「そんなに大袈裟《おおげさ》なことかな？」

アルフォンス様は笑う。

「僕たちって婚約者同士なんだし、お互いの人となりも分かってきたでしょ？　君のおかげで公爵領の経営も軌道に乗ってきたし、だから、そろそろいいかなって」

「う、ううん、そうかもしれませんが」

確かに、確かにだ。

私は経営コンサルタントである以前に、アルフォンス様の婚約者としてここへ来たけれど……。いまだにそれらしいことは何もしていない。せいぜい名前呼びくらいだ。

(でも、それは周りに不安を与えないようにするための配慮ってだけで……)

私の頭は高速で回転している。

――アルフォンス様にとっての私って仕事のパートナーじゃないの？

――今まで手を出してこなかったし。まだ寝室も別だし。

――デートに誘うってことは、私に気があるってこと？　そういう目で見てるの？

かぁぁああ、と身体《からだ》が熱くなって、私は慌てて顔を背けた。

手鏡で髪型を確認。爪は切ってる。目元にクマは……ない。

お化粧こそしていないけれど、まぁそこはご愛敬《あいきょう》。

「そんなに気にしなくても、ベティはいつも綺麗《きれい》だよ」

「ぴっ⁉」

この人は！　この人という男は！

なんで！　軽率に！　私を褒めるかなぁ！　もう！

「で、どこか行きたいところある？」

「そ、そうですね……」

私は咳払《せきばら》いして、

「それなら……行きたいところがあります」

◆◇◆◇

ドラン男爵領からお金を毟《むし》り取《と》った……、
もとい、貿易で収入を得ているおかげで公爵領は安定の兆しを見せていた。
公爵城から城下町に行くと、活気のある賑《にぎ》わいが私たちを迎える。

「おーい、アンゴラガニの爪、二箱！　こっちに運んでくれ！」

「ねぇ！　西地区に羽兎《はねうさぎ》が出たんだけど！　誰か駆除してくれない⁉」

「いらっしゃい！　アルカ芋のスイート焼きだよー！　お一ついかが⁉」

人が集まれば経済は回る。腹が膨れれば働きもする。

領民に十分な食料が行き渡るようになったおかげで街は活性化していた。

石造りの街並みにはいつの間にか市場ができて客引きの声が響いている。

私が公爵領へやってきた時の、お葬式のような静けさが嘘《うそ》のようだ。

「ずいぶん賑やかになりましたね」

「うん。いいことだ」

もちろんまだまだ改善すべき点はたくさんある。

医療水準の改善、水道の整備、識字率の向上、などなど……。

とにかく私たちは未来に向けてどんどんお金を稼いでいかなきゃいけない。

今のところは傭兵業で上手《うま》く回っているけれど……。

他領の騎士団が育ってきて需要が減ればそれも危うくなるし。

「今日は何か買われるんですか？」

「君の身の回りのものを。シェンから苦情があったよ。お嬢様が自分に無頓着すぎるって」

「あー……」

私はバツが悪くなって目を逸《そ》らす。

確かに私はオルロー公爵領に最低限のものしか持ち込んでいない。個人的な――たとえばお気に入りのカップとか、お皿とか、そういったこだわりのものは侯爵領に置いてきてしまった。

それを見かねたシェンがアルフォンス様に密告したのだろう。あとでもふもふの刑に処さねば。

「今日は君が気に入ったやつを全部買おう。ボーナスってやつだよ」

「……分かりました」

勘違いされがちだが、私はお金を稼ぐのも好きだし、使うのも好きである。

お金を使わないと経済が回らない。

自分のためだけに貯蓄を繰り返せば、行きつく果てはドラン男爵のような欲望の権化だ。

「そういうことなら、羽根ペンを買いに行きましょう。ちょうど新しいのが欲しかったんです」

「そこで羽根ペンを選ぶあたりが、君らしくていいね」

「〰〰〰っ、か、からかわないでください」

普通の令嬢はドレスやら宝石やらを選ぶと言いたいのだろうけど、私が普通じゃないのは分かっている。それを受け入れてくれるアルフォンス様に胸がときめいたのは内緒である。

『ラザール文具店』と呼ばれる場所が目的のお店だ。

「いらっしゃい」私たちが店に入ると、人族に近い栗鼠《りす》の亜人が迎えてくれた。

（も、もふもふ……尻尾、柔らかそう……もふもふ……）

「なんだ、公爵様方じゃねぇですか。こんなところにどうしたんで？」

「今日はデートで来たんだよ」

「あー……なるほど、うん。そうですかい」

店主らしき栗鼠の亜人の男性は、ぽりぽりと頬を掻《か》いて目を逸らした。

微妙に尻尾が膨らみ、耳が赤くなっているように見える。

（もふもふだわ……）

「ベティ。好きなものを……ベティ？」

ハッ、と私は我に返った。おかしなものを見るかのような様子の周りに咳払いして、

「そ、そうですね……こちらが良《い》いかなと思います」

私が選んだのは魔獣の角を加工して作ったと思《おぼ》しき、白い羽根ペンだ。

「七〇〇ゼリルか……ちょっと高いかしら？」

「公爵様方ならいくらでも安くしやすが……」

「それはダメよ。貴族の権力を使って安くしてもらうのはフェアじゃないし。この型なら他の店でもいいのがあるはずだわ。そちらも見てみましょう」

「そ、そうですかい」

栗鼠の店主は心なしか残念そうだ。アルフォンス様が口を開きかけ。

「で、でもそうね。ちょっと尻尾を触らせてくれるならこの値段でもいいかしら」

「は？」

私はちら、ちら、ともふもふの尻尾を盗み見る。

「その尻尾を触らせてもふもふさせてくれるなら、倍の値段で買っても良いわ！」

「いや、あの……」

「うふ。うふふふ！　見事な毛並みね。もふもふしがいがあるわ。ぜひともその毛を堪能《たんのう》――」

「ベティ。ちょっと落ち着こうか？」

「ふぁい」

アルフォンス様に羽交い絞めにされるような形で私は止まった。

「シエンから聞いておいてよかった……もふもふを前にしたら理性が飛ぶんだから。まったく」

「ふぁい」

「それに、僕とデートしている間に他の男の尻尾を触りたいなんて。嫉妬しちゃうな」

「あぅ……」

(そ、そういえばこれはデートだった。いや、忘れていたわけではないのだけど)

あまり意識してしまうと恥ずかしくてまともに話せなくなるから目を逸らしていた。

アルフォンス様から離れて顔が熱くなる私に栗鼠の店主は苦笑した。

「それで、お買い上げいただけるんで？」

「買うわ！」

微妙な空気を抜け出す絶好の機会に、私は一も二もなく飛びつくのだった。

それから街のあちこちを見て回ったけど、気になったのは『普通』とは縁遠いものばかり。

羽根ペンも、燭台《しょくだい》も、カップも、帳簿も、すべて仕事関係のことばかりだ。

茜色《あかねいろ》の日差しを背中に浴びながら、公爵城への帰路で私は俯《うつむ》いた。

「せっかくデートに誘ってくれたのに、色気のない女ですみません……」

「ん？」

思い出すのは、ジェレミーに言われた言葉。

『貴様ときたらデートの時も節約したがるし、質素と倹約を好み、貴族にあるまじき所業を繰り返す。この俺がどれほど辟易《へきえき》してきたか――貴様に分かるか？　この成金《なりきん》令嬢めが』

普通の男女はもっとこう、王都でオペラを見たり、美術館に行ったり、舞踏会で一緒に踊ったり……そんなことをするのが一般的な男女のデートではなかろうか。

(休みの時も仕事の話ばかり。ジェレミーの言ってることも一理あるのかもしれないわね……)

「いや、僕は楽しいからいいけど？」

「え？」弾かれるように顔を上げると、アルフォンス様が甘い笑みを浮かべていた。

「君と一緒なら、どこでも楽しめるし。君らしくていいんじゃない？」

「私、らしい……」

心臓が、跳ねる。

身体中から熱が顔に集まって火を噴いてしまいそう。

ドキドキしすぎて、頭がくらりとした。

「……私は、これでいいんでしょうか」

「君が自然体でいられるのが一番なんじゃないかな」

アルフォンス様は私の肩に手を回した。

「僕はどんな君でも受け止めるよ」

「……っ」

あぁ、もう。

こんな私を褒めても一銭の得にもならないのに。

所詮は人間関係なんてお金とお金の繋《つな》がりでしかないってのに。

——どうしよう。すごく嬉《うれ》しい。

「ありがとうございます、アルフォンス様……」

「アルって呼んでほしいな」

愕然《がくぜん》とする私にアルフォンス様は微笑んだ。

「そろそろあだ名に慣れようよ。ね？」

「…………はい。その……アル」

顔を直視できずに私が俯くと、アルは言った。

「照れてる君も可愛《かわい》いね、ベティ」

「〜〜〜〜〜っ」

街中で私を褒めるアルに、なんだか周囲の目が集まっている気がする。

温かいものを見るような視線に耐えきれず、私は消え入りそうな声で呟《つぶや》いた。

「アルは……褒めすぎです」

「事実を言ってるだけだよ。さ、今日はそろそろ帰ろうか？」

「……はい」

その後、ちょっとした買い物なども済ませてから公爵城に帰還した。

私室に帰ると、私に気付いたシェンが嬉しそうに駆け寄ってきて、

「お嬢様！　デートはいかがでした、か……」

シェンは私の前で立ち止まり、柔らかく微笑んだ。

「その様子だと、上手くいったようですね？」

「うん、まぁ……シェン、来て」

ベッドに座った私がもふもふを要求。

いつものようにシェンの尻尾を堪能していると、彼女は寂しげに言った。

「………もう私の尻尾は要らなくなるかもしれませんね」

「それとこれとは話が別」

もふもふにはもふもふでしか摂取できない栄養があるのよ。

◆◇◆◇

「オルロー公爵領の傭兵団、かなり評判いいわよ」

公爵城の応接室でカップを傾けながらパトラは言った。

「腕もいいし、礼儀正しいし、割と好意的に受け入れられてるみたいね。まぁ、そうじゃないと紹介したあたしの立つ瀬がないってのが正直なところだけど。よくやったと褒めてあげる」

居丈高な物言いだけど、その口調はどこか誇らしげで、私は頬を緩めた。

「あなた的には一〇〇点かしら？」

「そうね。値引きしてくれたらね」

「それは無理」

「じゃあ五〇点」

「値引きの点数高すぎない？」

クスクス、と貴族院時代のように笑い合った私たち。

ひとしきり笑うと、パトラは居住まいを正した。

「オルロー公爵領の復興や、ドラン男爵を骨抜きにできたことも勝因の一つだけど、ジェレミーの零落っぷりも挙げられるわ。あなたが離れてからの彼、ひどいわよ」

「あら。そうなの」

「反応うっす!!」

ずこー、とパトラはソファから転げ落ちそうになっていた。何をしてるんだか。

「あんたねぇ……もうちょっとこう、反応しなさいよ。元婚約者でしょ？」

「あの男に思考を割くくらいならドラン男爵の更生計画でも練ったほうがまだマシよ」

「そこまで……？」

救いようがない悪党を更生させたほうがマシだという私にパトラはドン引きした様子。

――実際のところ、私と別れたジェレミーの行く末には本当に興味がない。

一日の睡眠時間が三時間しかないほど頑張っていた私を失って、ジェレミーが落ちぶれるのは当然のことだろう。私がどれだけあの男の尻拭いをしていたか、側近たちさえ知らないはずだ。

「ざまぁ見ろという気持ちすらもったいないわ。彼には、そんなことを思う価値すらない」

「そ、そう……じゃあ彼の話はやめましょうか……目がマジだわ」

「そうね。あんなクズのことより傭兵業の今後のことを考えなきゃ」

「あら。十分成功してるじゃない」

「今はね。物珍しさに飛びついてる貴族も多いから……でも、いずれ限界が来る」

数年は問題ないと見積もっているが、各領地が自領の騎士団を配置し始めたら需要は減る。

何より、私は王太子妃候補時代に嫌というほど経験したのだ。

――出る杭《くい》は打たれることを。

「私たちが傭兵業で稼ぐことをよく思わない奴《やつ》らが絶対に出てくる。奴らは社交界で妙な噂を流したり、派閥をあげて潰しにかかってきたりするでしょう。少なくとも、需要の減少が加速する」

そうなった時のために魔獣素材を使ったアクセサリー、家具の販売などを視野に入れたい。

公爵領の亜人たちは手先が器用だし、そういった方面でも働けるはずだ。

パトラは感心したように息を漏らした。

「さすが、色々考えてるわね。そうなると欲しいのは……」

「社交界での味方。あなたには悪いけど、中立派のエルバリア家では限界があるから」

特に異論はないのか、パトラは肩を竦《すく》めた。

そもそも王妃派のオルロー公爵家がエルバリア家の力を借りられているのはパトラの厚意だ。

これ以上は贅沢《ぜいたく》を言えないし、自分たちでなんとかしなきゃあとがない。

「それがあなたと違う、私の弱点かもね……」

「一〇点。あなたがまともに社交しないのが悪いんじゃないの」

「分かっていてもやりたくないのよ」

貴族社会は敵対する勢力からどんな難癖をつけられるか分からない魔窟だ。

人の良さそうな笑顔を浮かべる裏で、目の前の相手を蹴落とすことを考えてるような。

「それこそ、お互いの親の力を借りればいいじゃない。それか、王妃様は？」

「あんなことがあったあとよ？　何を言われるか……絶対に会いたくないわ」

「まぁ、ねぇ」

中立派であるパトラも王妃様の恐ろしさは知っているのだろう。

物思わしげに頬に手を当てた彼女は「……なら」と扇子を広げ、

「ラプラス侯爵は？　王妃派とはいえ、西方諸国に顔が利く彼は社交界でも中堅どころよ」

「……娘を売った男に頼れと言うの？」

「あなたに何があったかは知ってるわ。でも、だからこそ利用すればいいじゃない。彼の性格を熟知しているあなたなら利用するのは簡単でしょ？」

「……それでも、嫌」

パトラはため息を吐いた。

「五点。そこまで嫌がるならもう言わないけど」

「……そうね。そうしてちょうだい」

「けど意外ね。あなたがそこまで嫌がるなんて。昔は慕ってたじゃない」

「……大昔の彼は、優しかったから」

今のお父様は傲慢で、自分勝手で、私の意見になんて耳も貸さない。

そんな父が出来上がったのは母が死に、二人目の女が家を出ていってからだろう。亜人戦争の影響で窮地に追い込まれた侯爵領を見限り、二人目の母は侯爵家の財産を持ち逃げした。

（あの時は本当に大変だったわね……）

お父様は酒に溺れ、私は幼いフィオナの面倒を見ながら侯爵領をなんとか黒字に戻そうと、寝る間も惜しんで勉学に励み、貴族院で教えを乞い、なんとか黒字に持っていくことができた。

だけどそれがお父様のプライドを傷つけたのか――。

あれ以来、お父様とは親子らしい会話をしたことがない。

「別に、あなたが構わないならいいんだけどね」

パトラは立ち上がった。

「どんなにいがみ合っていても、あなたたちは親子なのよ。簡単に切れる縁じゃないわ」

「あの人が私を売った時点でその縁は切れたわ」

「まったく強情なんだから……ごちそうさま。今日は帰るわね」

「いつもありがとう。今度はそっちに遊びに行くから」

「期待せずに待ってるわ」

パトラを見送りに玄関に出ると、ちょうどアルが帰ってきた。

「おや、エルバリア嬢。もう帰るのかい？」

「ええ、オルロー公爵。お気遣いありがとうございました」

「ベティの大切な友達だからね。僕は僕で、用事があって出かけただけだから」

アルフォンス様は――アルは、私たちが二人で旧交を温められるように配慮してくれたのだ。

どこに行ったかは聞いていないけれど、たぶん仕事関係だろう。

そう思っていたのだけど……。

(あれ？　この匂い、どこかで……)

「どうしたんだい、ベティ？」

アルの身体から漂っていた香水の甘い匂いに、私は眉を顰《ひそ》めていた。

(女性の匂い……？　いえ、まさかね)

ジェレミーとの苦い記憶もあって一瞬だけ浮気を疑った私だけど、すぐに良からぬ考えを振り払った。

「なんでもありません。おかえりなさい、アル」

「うん、ただいま」

少年のように笑う、アル。

(そうよ……この人はジェレミーとは違うんだから。不安になっちゃダメ)

二人でパトラを見送ると、アルは私の肩に手を置いて、

「楽しめたかい？」

「ええ、アルのおかげで」

「そっか。それなら良かった」

「……私、少し風に当たってきますね」

「分かった。僕は溜《た》まっている仕事を片付けてくるよ」

さっきの良からぬ考えがどうしても頭に過ってしまって、私は玄関を出た。

絶対にそんなことはないと分かっているのに、不安になってしまうのは女の性だろうか。

なんてことはない。パトラには強がっていたけど、一度裏切られた傷が癒えていないのだ。

（しっかりなさい、私。不安なんて一銭にもならないでしょうに）

冬の空は蒼《あお》く澄んでいて、白い吐息が溶けて消えていく。

ケープを羽織っていた私だけど、やっぱり寒い。そろそろ中に入ろうかしら。

そう思っていると、玄関から歩いてきたジキルさんが声をかけてきた。

「ベアトリーチェ様、お手紙が来ております」

「私宛に？」

丁寧に封蠟《ふうろう》された印には見覚えがあった。

「あ、フィオナ!?」

我が愛する妹――フィオナからの手紙である。

> 親愛なるお姉様へ。季節が移ろいゆく時分、いかがお過ごしでしょうか。時間が過ぎるのは早いもので、もう来月には貴族院に入っているなんて信じられません。お姉様が傍《そば》にいない侯

爵領は肌寒く、お姉様の温《ぬく》もりを思い出す日々が続いています。そうそう、今、私はお姉様の真似《まね》をして、お父様にバレないようにこっそりと領地経営の手助けをしています。以前、お姉様がおっしゃっていたようにお父様は領地の端まで目が届きません、今は西方諸国連合との貿易を維持するだけで精一杯のようで、私と家令のセバスだけでなんとか回しています。こんな仕事量をこなしていたお姉様の偉大さが身に染みる思いです。でも私は負けません。お姉様がオルロー公爵領で頑張っているように、私も頑張ってみせます。ただ一つ助言を貰《もら》いたいのですが、どうやらお父様は自領を担保に借金をしているようなのです。このような場合、どのように対処すればいいでしょうか。お姉様のご教示を賜れれば幸いです。日付を指定していただければ、すぐにでも飛んでまいります。お姉様に会いたいです。また、一緒に寝てくれますよね?

あなたの妹、フィオナより

一通り手紙を読み終え私は、複雑な気持ちだった。

フィオナが手紙をくれたのは嬉しい。また会いたいのは私も同じだ。

けれど、

「あのお父様が、借金……?」

しかも自分の領地を担保にしているのだという。

私が出ていった時点で――というより、アルに嫁入りした時点でジェレミーへの借金は返したも同然だ。侯爵領には借金をしてまで事業をするような理由はないはず。

それなのに、何がどうして借金をするなんて事態になっているのか。しかも、本来は国の持ち物である自領を担保にするなど馬鹿げている。お父様はここまで愚かだっただろうか？

「とにかく早く返事を書かないと――」

私が屋敷《やしき》へ戻ろうとしたその時だった。

「――通せって言ってるだろう！　俺は王族だぞ！」

何やら門衛と揉《も》めている男がいた。

無理やり門を開けて入ろうとしている男を兵士が二人がかりで止めている。

「王族の方であれば事前にアポを通して訪問することを弁《わきま》えているはずですが」

「そんなこと関係あるか！　いいからさっさと――」

『あ』

二つの声が、忌々しくも重なってしまった。

その人は、ニィ、と口の端を上げて嗤《わら》う。

「やぁベアトリーチェ。久しぶりだ」

「ジェレミー殿下……」

――私の元婚約者がそこにいた。

◆◇◆◇

「殿下……なぜここに？」

「君に会いに来たんだ」

冬の冷たさに負けない薄ら寒い声でジェレミーが言った。

私に婚約破棄を突きつけた時には『貴様』呼びだったのに……。

今や熱のこもった瞳で『君』だと宣《のたま》ってる。その変わり身が気色悪すぎて吐き気がする。

「あいにくと私は『成金令嬢』ですので、殿下がお会いになるような者ではありません」

「そんなことはない。君は……」

兵士に押さえられながら殿下は言った。

「綺麗になったたな」

「……おえ」

「ベアトリーチェ？」

——本当にどうしてだろう。

アルに言われた時は身体が熱くなったものだけど、この男に言われると全身が総毛立つような感じがして、気分が悪くなってくる。

思わず口元を押さえた私に怪訝《けげん》そうにしてから殿下は続けた。

「君がいなくなってから、君の重要さを痛感する日々だった」

「……私の記憶違いでなければ殿下から婚約破棄されたと思いますが」

「あれは間違いだった。俺の一生の過ちだ。俺には君がいないと困る。それが分かったんだ」

──つまり私がいないと仕事が回らないから、呼び戻しに来たってこと？

──自ら冤罪《えんざい》を着せて婚約破棄をし、慰謝料まで請求した相手に？

（すごいわね……）

人間という生き物はここまで醜く成り果てられるのかと逆に感心する。

私がいなくなったら現状が辛《つら》くなるなんて、ちょっと考えれば分かっていたことでしょう。

「俺の過ちはすべて謝る。だから戻ってきてくれないか。側妃として」

「……」

ここまでいくと、もはや怒りを通り越して呆《あき》れすら終えて達観した気分だった。

この男に感情を抱くということ自体が無駄すぎて言葉も出ない。

「お帰りください、殿下」

「なぜだ？　君はあんなにも王太子妃教育を頑張っていたじゃないか」

「それは殿下のためではありません」

私が婚約者として努力していたのは領地のためであり家族のためだ。

第一王子の婚約者ともなれば、私の評価はすなわち家族の評価に繋がる。ちょっとでも粗相をすればたちまち社交界の刃が私を切り刻んだだろう。

「あんなの、誰が好き好んでやりたがるんですか？」

「え」

「朝早く起きて領地の仕事を終わらせ、朝食を詰め込み、王城に着いてからは泣き言も許されぬスパルタ教育、ダンスのステップを間違えようものならすぐさま叱責が飛び、王妃様の監視の目に心が休まることはない。夜十時になってようやく帰って、そしたらまた領地の仕事……あの三年間、まともに寝る暇もありませんでした。その間、あなたは何をしてくれましたか？」

「いや……それは」

ジェレミーは気まずげに目を逸らした。

それはそうだろう。この男は何もしていない。むしろ数少ない私の休みに時間を使わせた挙句、金遣いにうるさいだの、見た目に気を遣えだの、私を責め立てるようなことばかり言っていたのだ。私はこの男といて心が休まったことなんて、一度もない。それに——。

「私は既にアルフォンス様の婚約者です。あなたの側妃にはなりません」

「それでも俺にはお前が必要なんだっ!!」

「きゃ!?」

兵士を払いのけ、無理やり門を開けたジェレミーが私の腕を摑《つか》んできた。

「お前を連れ帰らないと母上に殺される……！　だから俺と来い！　大好きな金勘定でもなんでもさせてやる。俺を男と見ないならそれでもいい。だがそれでも来い。三年前、俺と婚約した時からお前は母上のものなんだよ……お前なんかが逆らえる相手じゃないんだ!!」

「離して……痛いっ」

無理やり男に迫られるのがここまで怖いことだとは思わなかった。

いざとなれば股間を蹴り飛ばして逃げようとすら思っていたのに、本当に『いざ』という時になると身体が竦んで、足がまったく動かない。

「それとも何か？　お前、もう従兄《いとこ》殿と契りを結んだのか？」

私はカッと顔が熱くなった。

そんな私を見て何かを確信したようにジェレミーは言う。

「まだなんだな？」

「……あ、あなたには、関係ない」

「好きなのか、あのデブのこと」

その瞬間、殿下の言葉が私の一線を踏み越えた。

恐怖で竦んでいた心が、それ以上の怒りによって点火する。

「……今、なんて言いました？」

「好きなのかって聞いたんだ。あのデブのこと」

ジェレミーは軽薄に言った。

「なぁベアトリーチェ。あんなデブより俺のほうがタイプだろ？」

「……」

「公爵領を任されながら落ちるところまで落ちたクズ。公爵領が落ちぶれている時もあんなに太ってるなんてな。領民から巻き上げた税金で贅沢でもしてるんじゃないか？　あんな奴より、俺のほうが容姿もいいし、地位もあるし、側妃になったらいくらでも贅沢させてやれるぜ？　なぁ、あんなデブより俺にしとけよ」

カチン、と来た。

「いや、あなたブサイクですけど？」

「は？」

私はジェレミーの手を振り払った。

唖然《あぜん》とする彼の顔を張り飛ばしたかったけど、さすがに暴力はダメだ。

（いやでも一発くらい……待ちなさい、私。我慢よ）

手を出すのはあとだ。それより先に言っておくことがある。

「確かにアルフォンス様は一般的な男性より体型がふくよかだわ。お腹《なか》も出ているし、顎肉もあるし、他の方々が豚公爵と呼ぶのも許容しましょう。それは、事実ですからね」

「だったら」

「それでもね、あの方は、誰よりも優しいのよ」

容姿でもない、お金でもない、能力でもない。

私が彼に心を許しているのは、きっと。

「あの方は私が嫌がることは絶対にしないし、かといって気遣いすぎることもない。領民の意見にはちゃんと耳を傾ける方だし、亜人たちをまとめるために心を砕いてくださるし、誰にでも平等に接してくれる優しいお方。それは、領地の資料を見れば分かるわ。信じられる？　あの方が領主になってから、領主への不満を陳情する領民はほとんどいないのよ」

どんなに良い領主でも苦情を言う領民はいるものだ。

でも、アルが領主になってから、そういった人たちは格段に減っていた。なぜなら領民たちは知っているから。領民を魔獣の脅威から守るために、彼と彼の騎士団がどれだけ励んできたかを。

「しかも、それを誰にも誇らない。驕《おご》らない」

「……っ」

「私の頑張りをちゃんと見てくれるし、細かいところまで気遣ってくれる」

私は道端に落ちたゴミを見る目でジェレミーを見た。

「アルフォンス様は、あなたよりもよっぽど心が美しくて、とてもカッコいい方だわ！」

「な……っ、じゃあお前は、あんな豚の嫁になりたいってのか⁉」

「そもそも私は既に公爵と婚約を交わした身です」

あの方が私を妻にと望んでくれるか、まだ分からない。

だって私たちはようやくあだ名で呼び始めたばかりで。

手だって繋いでなくて、口付けもまだで、それ以上のことなんて想像できない。

でも。

「私が隣に望むのは、殿下じゃない。アルフォンス・オルロー様よ！」

「……またか。お前はまた、この俺を虚仮《こけ》にするのか」

「ええ、そうよ。分かったらとっとと失《う》せなさい。いくら王族でも叩《たた》き出しますわよ！」

「……うるさい。うるさいうるさいうるさい！　いいから、お前は、俺と、来い!!　お前がどう言おうが、母上のところまで連れていく！」

目を血走らせたジェレミーが私に手を伸ばした瞬間だった。

「誰に手を出してるんだい、この従弟《ぐてい》」

「ぼべぁ!?」

ジェレミー殿下の頬を、太い腕が吹き飛ばした。

ふくよかな背中で私を庇《かば》う、その人は。

「……アル」

「怖い思いをさせたね、ベティ。もう大丈夫だ」

アルはそう言って笑った。

◆◇◆◇

アルが微笑んだ瞬間、私の肩から力が抜けた。

思わず倒れ込みそうになった身体を支えられて、かぁ、と顔が熱くなる。

「それで、こんなところで何をしているんだい、従弟殿《いとこどの》」

「アル、フォンス……」

「僕の婚約者に何をしているのかと聞いているんだが」

冷徹。

人を殺せそうな視線とはよく言ったものだけど、今のアルがまさにそれだった。

激しく怒気を纏《まと》う彼は魔獣に向かい立つ戦士のようだ。

ふくよかな身体が今は逆に頼もしく、私は安心して身体を預けた。

「そいつをよこせ、アルフォンス。それは俺のものだ」

「ベティは物ではない。お引き取りを」

「うるさい！　貴様だって母上の恐ろしさを知ってるだろう！」

「それはそちらの都合だろう？　僕たちにはなんの関係もない」

アルは静かに手を上げた。

その瞬間、門衛が呼び出した公爵領の騎士団が、ジェレミーを取り囲む。

「これ以上、僕たちに近付くなら……無理やりつまみ出さねばならないね」

屈強な亜人の包囲網を突破するのは誰であろうと無理だ。

団長のイヴァールさんを始めとした騎士団の面子《メンツ》を見回し、ジェレミーは忌々しげに毒づいた。

「汚らわしい獣共が……」

「頼もしいの間違いだろう。僕は彼らに全幅の信頼を置いている」

亜人を下に見たジェレミーに刺すような視線。

それとは逆に、アルの信頼に応えようとする彼らの熱が伝わってくる。

「お、俺は王子だぞ。この俺に手を出してタダで済むと思うのか！」

「思う。なぜなら君は致命的な間違いを犯したからだ」

そう言ってアルが取り出したのは小型の魔道具だった。

水晶を基盤とした平たい箱で、確か、西方諸国の技術である魔道具の一種――。

「録音機《レコーダー》……？」

「うん。聞いてて」アルがボタンを押すと、

【お前を連れ帰らないと母上に殺される……！　だから俺と来い！　大好きな金勘定でもなんでもさせてやる。俺を男と見ないならそれでもいい。だがそれでも来い。三年前、俺と婚約した時からお前は母上のものなんだよ……お前なんかが逆らえる相手じゃないんだ‼】

ジェレミーの顔から見る間に血の気が引いていく。

【公爵領を任されながら落ちるところまで落ちたクズ。公爵領が落ちぶれている時もあんなに太ってるなんてな。領民から巻き上げた税金で贅沢でもしてるんじゃないか？　あんな奴より、俺のほうが容姿もいいし、地位もあるし、側妃になったらいくらでも贅沢させてやれるぜ？　なぁ、あんなデブより俺にしとけよ】

それは間違いなく、ジェレミー自身の言葉で、彼の肉声だった。

再生を止めたアルが試すようにジェレミーに言った。

「もしもこれを社交界で流せば……」

びくびく!!　ジェレミーの肩が震えあがる。

「お母上の耳に入れれば、あなたはどうなるかな……？」

「わ、分かった！　帰る！　帰るから！　それだけは、どうか……！」

「いやいやいや、タダで帰るってそりゃあないだろう。ねぇ、ベティ？」

悪い顔で振り返ったアルに、私も思わず笑みがこぼれた。

「そうですね。あんなに私たちを罵倒してくれたんですから、慰謝料を貰いませんと」

「僕たちの心を傷つけたんだ……当然だね。どれくらいがいいと思う？」

「もちろん、今後の私たちの関係がこれ以上悪化しないような金額……ですわ」

半端な額を言ったら分かっているんだろうな。と私は笑みを浮かべる。

実を言えば商会との取引においてこれ以上怖い言葉はない。

金額を間違えたが最後、その相手との取引は永遠にできなくなることもざらだ。

私とアルは揃《そろ》ってにっこり笑った。

「「で、いくらですか？」」

「〜〜〜〜っ、わ、分かった、三〇〇万ゼリルだ。それで手を打て！」

以前の私が婚約破棄の際に請求した金額である。

まぁこれなら悪くはない……かな。ちょっと足りない気もするけど。

「もういいだろう。こいつらをどけろ！」

アルが手を挙げて騎士団が道を開けると、ジェレミーは去っていった。

しきりに周りを気にして、何かから逃げるように。

「……さて、ベティ。君に謝らなければならないことがある」

「はい？」

「……君を助けるのが遅れてしまったことだ。あの録音を聞いたことから分かると思うけど」

アルは私の前で膝をつき、申し訳なさそうに見上げてきた。

「ジェレミーに詰め寄られている君を……僕は途中から見ていた」

一拍の沈黙を置き、私は微笑んだ。

「分かっています。すべては王妃様に立ち向かうためでしょう？」

「……気付いていたのか」

「もちろん」

アルがジェレミーの恥部を握ることで、その背後にいる王妃様を牽制《けんせい》するのが狙いだ。

こうして大勢の人間がいる以上は証言に事欠かないが、身内からの証言は信用されにくい。録音機《レコーダー》を使っておけば客観的証拠になり、社交界や裁判でも有利に働く。

（あの男をよこしたのは間違いなく王妃様よ。今から対策を講じたアルの判断は正しいわ）

私はそう思ったのだけど、

「さすがだね、ベティ。でも……それだけじゃないんだ」

アルは何やら、思いつめたように俯いた。

「怖かったんだ」

ぽつりと、彼は言う。

「ずっと怖かった。こんな体型の僕を君が受け入れてくれるのか不安だった。元々、何度も婚約者に逃げられていたからね……君から見た僕は軽薄だったように思うけど、結構いっぱいいっぱいだったんだ。傷つくのが嫌で、怖くて……女たらしみたいな口調をしていれば、真剣に受け止められなければ、傷つくのが少なくて済む」

「アル……」

確かにアルは何度も軽薄ともとれる言葉で私を褒めて、恥ずかしがらせてきた。

私自身、アルを女たらしだと思ったことは何度もある。

「だけど……君と接すれば接するほど、僕は君に惹《ひ》かれた」

「……っ」

「成金令嬢なんてとんでもない。誰もが嫌がるお金に対してまっすぐに向き合って、領民たちを思い、生き生きと仕事に励むその姿に……誰にでも優しく、亜人にも手を差し伸べ、凛《りん》としたその姿に……僕は、どうしようもなく惹かれた。君のことが、日に日に好きになった」

私は息を呑《の》んだ。

そっとこちらを見上げるアルの瞳は甘い熱を孕《はら》んでいる。

「拒絶されるのが怖かった。僕は自分が君に相応《ふさわ》しいと思えなかった」

いい、いい。

それでも。

「もう自分の気持ちに嘘はつけない。ベティ、僕は君を愛している」

「アル……」

「優しくて気遣いができる君が……成金令嬢と呼ばれる君が……亜人族を見ると興奮したり、ちょっとケチなところもある、ありのままの君が……大好きだ」

心臓が、跳ねる。

私の熱という熱が顔に集まって火が噴き出してきそう。

喉がひりひりして、鼓動がどんどん速くなる。なんだか呼吸まで浅くなってきた。

アルは私に手を差し伸べて、頭《こうべ》を垂れた。

「ベアトリーチェ・ラプラス嬢、僕と結婚してください」

――人と人が認め合うことは、難しい。

冤罪をかけられ、婚約破棄された時に私はそう思った。

誰もが私の能力や努力を羨み、軽蔑し、突き放した。

私はただ一生懸命だっただけなのに勝手に距離を置いて、お父様まで私を見放した。

でもアルは違う。

私の実績や能力目当てじゃない。

お金が死ぬほど大好きで、もふもふが好きで、こんなどうしようもない私を。

私の性格を、ありのままの私を、受け入れてくれる。

そして、勇気を出して自分の気持ちをさらけ出し、震えながら、手を差し伸べてくれる……。

(あぁ、好きだなぁ)

一体、いつからだろう?

きっとずっと前からこの気持ちは胸の奥にあって、でも触れないようにしていた。

だって私も怖かったから。拒絶されるのが怖かったから。

もしもこの関係が壊れたら彼と一緒に過ごせなくなると思うと、怖くてたまらなかった。

その気持ちこそが『恋心』だと知っていたはずなのに。

「……はい」

――この人と、幸せになりたい。

ほっぺたから温かいものが滑り落ちて、私はゆっくりと彼の手を取った。

「私で良ければ、末永くよろしくお願いします」

「あぁ、こちらこそ」

優しく抱きしめられた私は分厚い胸板に顔を預ける。

ジェレミーに触れられた時は怖くて気持ち悪いだけだったのに……。

アルに触れられると、身体の芯が熱くなるような心地よさがあった。

わぁぁあああ、と。歓声が響いている。

イヴァールさんや、シェン、公爵城の面々が祝福の拍手を送ってくれる。

……みんなに祝福されるってここまで嬉しいのね。

すごく恥ずかしいけれど、周りが背中を押してくれてるみたいで嬉しい。

――なんて思っていたのだけど。

ぽとり、と。アルの懐から録音機《レコーダー》が落ちた。

アルがそれを拾おうとして……再生が始まる。

【アルフォンス様は、あなたよりもよっぽど心が美しくて、とてもカッコいい方だわ！】

「ぴっ⁉」私は慌てて録音機《レコーダー》を回収しようとする。

だけどアルは拾ったものを高く掲げて、私の手から逃がした。

【そもそも私は既に公爵と婚約を交わした身です】

ひ〜〜〜〜〜〜！　やめて〜〜〜〜〜〜！

それ以上は、ダメ！　恥ずかしくて死ねるから!!

【私が隣に望むのは、殿下じゃない。アルフォンス・オルロー様よ！】

しぃん、とその場が静まり返る。

顔が真っ赤に茹《ゆ》で上《あ》がった私は俯き、ドレスを握った。

周りからの生温かい、ニヤニヤ視線がうるさすぎる。

「け、消してください。恥です」

「嫌だ。これは我が家の家宝にする」

（〜〜〜〜っ!?　そ、そんなものを家宝にされたらたまったものじゃないわ！）

ぴょん、ぴょんと私は録音機《レコーダー》に手を伸ばした。

「か、え、し、て、もう、アルの、いじわる！」

「照れてる君も可愛いね。そういうところも好きだよ」

微笑み、アルは私の額に口付けを落とす。

「あ、あわわわ、あぅぁあ……？」

「これから末永くよろしくね、僕のお嫁さん」

なんだか色々ありすぎた一日だけれど、休んでいられないのが貴族の悲しいところだ。

というより、私たちの平穏な暮らしを守るために今すぐ動かないと。

「あの、ジェレミー殿下は一人でここに来たのでしょうか？」

「守衛の話では、そうみたいだね」

「……なるほど」

王太子であるジェレミーが護衛もつけず、ただ一人で。

王都から公爵領まで乗合馬車に乗ってきたわけじゃないだろうし……。

「まぁ大丈夫でしょ。君のおかげで彼の弱みは握ったし」

「……いえ、不味《まず》いかもしれません」

録音機《レコーダー》をひらひらと振るアルに私は首を横に振る。

私の予想が正しければ、王妃様はもう……。

「オルロー騎士団に連絡を。今すぐジェレミー殿下に護衛を――」

その時だった。騎士の一人が執務室へ駆けこんできて、急を知らせた。

「公爵閣下！　ご報告申し上げます！　実は……！」

もう、ジェレミーを切り捨てている。

◆◇◆◇

赤。赤い夕陽《ゆうひ》が、石造りの街並みを血のように染め上げている。

カァ……カァ……と飛び立つ鴉《からす》の鳴き声が、街中を走る男の不安感をあおっていた。

「クソ、クソ、クソ……っ！　早く、早く逃げないと……！」

公爵家で醜態を晒《さら》したジェレミーは城下町で乗合馬車を探していた。

王家の馬車を待たせていたはずなのに、どこにも見当たらなかったからだ。

今すぐにここを離れ、王都でレノアと合流しなければ。

その後、レノアの父である宮廷魔術師に会いに行き、事情を説明する。

「必要なのは腕のいい護衛と、当分の資金、身を隠せる場所。国を出る手段」

ぶつぶつと独り言《ご》ちるジェレミー。

彼の頭に公爵家やベアトリーチェのことなどない。

確かに連れ戻せなかったことは残念だし、恥を掻かされたのも事実だ。

しかしそんなもの、生きていればいくらでもやり直せる。

今はそれ以上の危機が迫っている。じっとなんてしていられなかった。

「馬車を手に入れよう。荷車で寝泊まりできる奴を。それから、」

必要なものを頭の中にメモしながら歩く彼は、ふと気付いた。

彼が乗合馬車を探し始めてから一時間が経《た》つ。

しかし、一向に馬車が見つからない。

それだけではなかった。

いくらオルロー公爵領が復興し始めたとはいえ、まだまだ発展途上。路地裏には家もなく日々を食いつなぐ亜人たちや、親を失って行き場所のない孤児たちがいるはずだ。

少なくとも、王都ではそうだった。

ここは、静かすぎる。

「……っ」

それは本能的な直感だった。

冷えた足を温めるためにたまたま足を動かしたような、奇跡といってもいい。

そうしてジェレミーが足を退けたところには、短剣が刺さっていた。

しかも、刃先からは何やら透明な液体が滴っていて……。

「ひッ⁉」

悲鳴をあげたジェレミーはすぐにその場から走り出した。

カァ、カァ、と鴉が鳴く。

後ろから足音が聞こえる。幻聴ではない。現実の人間。それも複数。

「ハァ、ハァ、ハァ。嫌だ、嫌だ、嫌だ……誰か、俺を助けろぉ！」

大通りまで出よう。人を呼べば助かるはずだ。

大声で叫ぶジェレミーは路地裏をひた走り、そして。

(見えた……大通りだ!)

数十メルト先に見えた大通り。そこに大勢の人が行き交っている。

その出口が塞がれた。なんの紋章もついていない、しかし見るからに高級な馬車によって。

どす、と。

背中に熱いものが突き刺さった。

「あ、え……?」

猿轡《さるぐつわ》を嚙まされ、悲鳴を封じられたジェレミーは地面に倒される。

地面に沁《し》み込んでいく赤い液体が自分の命だと、彼は理解できない。

刺し傷から入り込んだ猛毒が彼の舌を痺《しび》れさせ、言葉を奪う。

「もう少し見込みがあるかと思ったけれど、お前は本当に出来損ないだったわ」

声が、聞こえる。

馬車の窓から聞こえる声。感情のない淡々とした声音。

いつだってこの声に踊らされてきた。この声が自分を縛ってきた。

そこから自由になりたくて。

もがいて、もがいて、もがいて、その末路が——これか。

「は、は、う、え……」

「あなたに生きていられると困るのよ。愚かなあなたは弱みをたくさん作ってしまったし……」

まるで遊び飽きたおもちゃを捨てる時のように、彼女は言った。

「不肖の子といえど、あたくしの息子なわけだしね。今、あたくしが立場を危うくすれば国が傾く。だからジェレミー。国のために死んでちょうだい？　それが王族としてあなたのできる、唯一の償いよ」

「ぁ」

「これも国のため。あなたも王子なら分かってくれるでしょう」

ばたん、と。

「さ、次はスパイの処理ね。無事に捕まえてくれてたらいいけど」

馬車の窓が閉じられ、嘶《いなな》きをあげた馬が走り出す。

声はもう聞こえない。

大通りから人がやってきて、ジェレミーを発見した彼らは騒ぎ出す。

剣の毒で感覚のない彼には知るよしもないことだが、背中にたくさんの刺し傷があったのだ。

それは彼女が腹を痛めて産んだ息子への唯一の慈悲だったのかもしれない。

とはいえ……。

彼がその真意を知ることは、なかった。

◆◇◆◇

「……遅かったか」

――ジェレミー・アウグストの惨殺死体が発見された。

執務室に駆けこんできた兵士の報告に、痛ましい空気が満ちる。

元婚約者で、冤罪をかけてきた男とはいえ……さっきまで喋《しゃべ》っていた人が死体になったと聞いて気分が良くなるほど私は腐ってはいないし、これからのことを考えると眩暈《めまい》がしてくる。

「かなり不味い状況です」

痛ましい事件なのは確かだけどいつまでも浸っているわけにはいかない。

早急に対策を考えないとオルロー公爵領は終わりだ。

「ジェレミー殿下が護衛もつけずに公爵領を訪れたのも問題ですが……オルロー公爵領で死んだことが大問題です。たとえ彼の性格がどうであっても、ジェレミー殿下は王族……」

「王族を死なせた責任問題を取らされてしまうよね」

アルは状況を理解しているのか、頭が痛そうな様子だ。

私も頭を抱えて寝てしまいたい。本当になんでこんなことに……。

「申し訳ありません、無理やりにでも護衛をつけるべきでした」

「イヴァールさんのせいではありません。私たちの責任です」

「いいや、ベティ。僕の責任だ。ジェレミーが嫌いすぎてそこまで頭が回らなかった」

「皆様。責任感が強いのは良いことですが、今は対策を立てるのが先かと」

「……そうね。ジキルさんの言う通りだわ」

状況が深刻すぎて現実逃避してしまいたくなるけど。

「……イヴァール。死体の様子は？」

「背中に乱暴な刺し傷が複数。加えて毒です」

「一息に殺さなかったところを見るに、暴漢の仕業にも見せかけられていそうだね」

「おっしゃる通りです」

「あ、あの」

シェンがおそるおそるといったように手を挙げた。

「そもそも、一体誰が殿下を殺したんでしょう？　たとえば誰かに暗殺されたとして……公爵領を陥れたいなら他にもやり方は色々あるのでは？」

「実はね、シェン。もう犯人は分かってるのよ」

「え⁉」

だからこそ問題なのだけど。

「い、一体誰なんですか⁉」

「公爵領を愚弄した奴をとっ捕まえてやりましょう！」

シェンとイヴァールさんが身を乗り出す。

私はアルと顔を見合わせて、ため息を吐いた。

「王妃様よ」

一拍の沈黙。

直後、驚愕《きょうがく》の声が重なった。

「「え⁉」」

「だから、王妃様よ。ジョゼフィーヌ・フォン・アウグスト様」

「いや、名前は分かりますが……お嬢様……ほんとに⁉」

「うぅむ。確かジェレミー殿下は王妃様の実の息子ですよね？」

「実の息子だろうが容赦はしない。あの人はそういう人だよ」

アルからすれば王妃様は伯母にあたる人だ。

私以上に彼女の性格を知っているに違いない。

「たぶん僕たちがジェレミーの弱みを握っていることも関係しているんだろうね。先の婚約破棄から彼の評判は下がりに下がっていると聞く。このまま王族の権威を落とし続けるくらいなら、僕たちのところで暗殺したほうが後腐れないし、徐々に黒字化している僕たちの命運を握ることもできる。王族への不満をオルロー公爵領に向かうよう操作するのも、彼女なら造作もない」

出る杭を打ちたい貴族にとってこれ以上の『餌』はないだろう。

――と、理屈の上ではそうだけど、普通の人は思いついても絶対にやらない。

というより、できない。倫理的な問題が大きすぎるからだ。

だけどあの人はやる。

人としての情？　母の愛？　そんなもの、あの王妃にあってたまるか。

「どう対抗するんですか。これじゃ我々は終わりだ……」

イヴァールさんが弱ったように言う。

正直、ほとんど打つ手がない。

ジェレミー殿下は既に死んでしまってるし、遺体発見現場を多くの民衆が目撃した。

隠蔽なんてするつもりはないけど、この噂は間違いなく王都を駆け巡るだろう。

私たちにできるのは王妃側の策略を読み切り、都合のいい着地点を探すことだけ。

「でも、その着地点が分からないのよね……」

私が頭を悩ませていると、ジキルさんが侍女から手紙を受け取ってきた。

「旦那様、奥様、ただ今こちらが届きまして……」

深刻そうな彼が手に持っているのは。

「王妃様からの召喚状です」

「「「……」」」

沈黙が、その場を支配する。

イヴァールさんが窓の外を見た。続いて扉の外も。間諜《かんちょう》は、どこにもいない。

「まるで監視しているようなタイミング……恐ろしいですね、王妃という人は」

「伯母上のことだからね。僕たちの行動を読み切っていてもおかしくはない」

それにしても、ジェレミー殿下の遺体発見現場を調査し終えた直後である。

いくらなんでも都合が良すぎると思うのだが、確かにあの王妃なら……。

（いえ。まず優先すべきはそこじゃないわね）

「アル、召喚状にはなんて書いてあるんです？」

「ちょっと待ってね」

アルはナイフで丁寧に王妃からの手紙を開ける。

そして眉間に深く皺《しわ》を刻んで私に渡してきた。

『三日後。お互いのことについて話しましょう。婚約者も連れてきてね』

貴族らしい美辞麗句は何も書かれていない。

ただ端的に用件を述べているだけの手紙に私は寒気がした。

――『知らないことが恐怖になる』

私がドラン男爵に使った方法と同じだ。

王妃の目的も不明。意図も不明。

こちらの首根っこを摑んでいる状態でやられると相当に怖い。

「三日の猶予を与えているところが逆に怖いよね」

アルが苦笑した。

「その間に何をしても構わない。それでも絶対に自分が優位に立てると確信している」

「外交を任されているせいか、あの人は国内外に太いパイプを持ってますからね」

（本当にどうしたものかしらね……）

王妃にジェレミー暗殺の容疑をかけてみる？

ナンセンスだ。オルロー公爵領で死んでいる以上、言い訳としか取られない。

彼女の弱みを探す？　それがないからジョゼフィーヌ王妃は怖いのだ。

「せめて王妃のことを少しでも知れたら……」

「そうですね。私たちももう少し時間を貰えるなら公爵領の無実を証明してみせます」

ジェレミー殿下に使われている毒の成分の解析。

凶器に使われていた武器から下手人が公爵領の者じゃないと証明する手立て。

なかなか厳しいけれど、私たちにはそれくらいしかできない。

「……分かった。なら少しでも時間を稼いでみる」

アルが一同に告げる。

「それでも稼げるのはせいぜい二日だ。それまで各々《おのおの》やれることをやろう」

◆◇◆◇

「――取り逃がした？」

ジョゼフィーヌがその報告を聞いたのは王妃の執務室の中だ。

ベアトリーチェたちとの会談への準備を整えていた彼女は眉根を上げる。

「どういうこと？　手練《てだ》れの監視をつけていたはずよね？」

「はい。ただ、あのレベルの魔術には太刀打ちしようがなく……」

「まんまと逃げられたと。屋敷はもぬけの殻かしら？」

「ええ。家具や家財道具はそのまま、妻のほうは何も知らない有様《ありさま》で」

「父と娘だけ消えたわけね……さすがに手がかりがないわけじゃないでしょ？」

「はい。馬車が走り去るところを複数の人間が目撃しています。ただ……」

続けられた言葉に、ジョゼフィーヌは怪訝そうに眉を顰めた。

「……なんですって？」

歴戦の騎士は語る。

――曰《いわ》く。

王妃が追っていた人物を乗せたのは、ラ、プ、ラ、ス、侯、爵、家、の、馬、車、だ、っ、た、と。

◆◇◆◇

結局、録音機《レコーダー》以外にまともな対策が取れないまま、王妃様との謁見の日が来てしまった。

久しぶりに訪れる王都の街は賑やかで、一国の王子が死んだあとだとは思えない。

それもそのはずで、

『ジェレミー殿下の死はまだどこにも伝わっていないわよ』

パトラに頼んだ社交界の調査結果を思い出す。

私たちを潰すために王妃様が暗殺の噂を流すんじゃないかと警戒していたけれど……。

杞憂《きゆう》？　違う。むしろ。

「……この静けさ、逆に怖いですね」

「そうだね。本当に怖い……首根っこを摑まれてる感じがするよ」

やっぱりアルも同じ意見だったみたいだ。

ジェレミー殿下を殺したのは間違いなくジョゼフィーヌ王妃。

彼女がやろうと思えば噂なんて一瞬で広まるに違いないのに。

「『お前たちをどうこうするのは、これからの謁見次第よ』って言われてるみたい」

「はぁ……胃が痛い。あの伯母上には一生会いたくなかった……」

「そういうわけにはいかないでしょうに」
私は思わず苦笑してしまう。
アルは傍系とはいえ王族の血を引いているし、そもそも公爵だ。
王族に近い身分のアルは出席しなければいけない舞踏会もあるだろう。
王妃様とまったく顔を合わせないなんてできない。
(それは公爵夫人になる私も同じ。だけど)
不安が鎌首をもたげると、アルが手を握ってきた。
見れば、アルは私の顔を見てふっと微笑んでいる。
「大丈夫だよ。できる限りのことはしたし……僕たち二人なら」
「……はい」
そうね。私はもう一人じゃない。
ジェレミーに婚約破棄された時は為《な》すすべなくやられた私だけど……。
(今はもう、こんなにも頼もしい婚約者がいるんだから)
そうこうしているうちに、馬車は王宮に到着する。
私たちは兵士の案内で廊下を歩いた。
(……謁見の間じゃない。つまり非公式の会談にしたいってことね)
応接室に到着すると、王妃様――ジョゼフィーヌ様は優雅にお茶を飲んでいた。

ジェレミー殿下と同じ金髪、同じ瞳だけれど、そこから受ける印象はまったく違う。深いエメラルドの瞳は何もかも見通しているかのような雰囲気がある。

こちらに気付くと、王妃はカップを置いて言った。

「久しぶりね。ベアトリーチェ。アルフォンス」

「「ジョゼフィーヌ王妃様にご挨拶申し上げます」」

私たちが揃ってお辞儀すると、ジョゼフィーヌ様は微笑んだ。

「堅苦しいのはやめましょう。あたくしたちの仲でしょ？」

（どんな仲よ。ここで関係を固定しないあたり本当に怖いわ……）

これからの私たちの態度次第で親戚にも共犯者にも加害者と被害者にもなりうる。

相変わらず何気ない一言で人を怖がらせるのが上手い人だ。

（……私が意識しすぎなのかしら。いえ、この王妃相手にはこれくらいでいいわ）

私たちがソファに座ると、ジョゼフィーヌ様はドレスの下で足を組んだ。

普通ならはしたないと言われるその仕草も彼女がやると妖艶に映るから不思議だ。

「アルフォンス、あなた少し痩せた？」

「ええ、最近、心労が多いもので」

「あらあら。それは公爵領でジェレミーが死んだ件と関係あるのかしら？」

（来た……！）

早速の本題に緊張が走る。

ジョゼフィーヌ様は普通の貴族みたいに時間をかけた交渉は好まない。

私たちの首筋にナイフを突きつけるとしたら、今この時をおいて他にない。

「あたくしもね、最初は信じられなかったわ」

一拍の間を置き、彼女はため息を吐いた。

「愛する我が子が……ジェレミーが死んだなんて。しかも、オルロー公爵領で死んだのでしょう？　王族としては責任を取ってもらわないと示しがつかないわね」

まったく心のこもっていない言葉はある種の清々《すがすが》しささすら感じる。

ジョゼフィーヌ様の顔には涙の跡も見えないし、悲しんでるようにはまったく見えなかった。

（……さて、今度はこちらの番ね）

私は拳を握りしめ、ジョゼフィーヌ様と向かい合う。

「お言葉ですが、それは無理があるのではないでしょうか」

「……何が？」

「そもそもジョゼフィーヌ様はなぜ、ジェレミー殿下が死んだことをご存じなのですか？」

オルロー公爵領はもちろん、公式には一切発表されていない情報だ。

王妃様は扇で口元を隠して目を細めた。

「ベアトリーチェ。あなた王家を甘く見ているんではなくて？　大事な王太子の行方くらい把握しているのは当たり前でしょう？　今はまだ、国民が混乱するから情報を伏せているだけ……王太子の死を発表するより先に、事実確認をしないといけないから。ちゃんと捜査資料は持ってきたのでしょうね？」

「ええ、もちろん。そして、王妃様に聞いていただきたいものがあります」

私は鞄《かばん》から捜査資料を取り出し、録音機《レコーダー》を机に置いた。

ボタンを押して再生する。

【お前を連れ帰らないと母上に殺される……！　だから俺と来い！　大好きな金勘定でもなんでもさせてやる。俺を男と見ないならそれでもいい。だがそれでも来い。三年前、俺と婚約した時からお前は母上のものなんだよ……お前なんかが逆らえる相手じゃないんだ‼】

王妃の表情は変わらない。

けれど、

「ジェレミー殿下は【母上に殺される】とハッキリ言っています」

最初から全力。

私たちが持つ最大の切り札で王妃の余裕面《づら》を崩す。

「私を連れ戻すことに失敗した王太子は、一体誰に始末されたんでしょうか？」

（さぁ、どう出ますか。ジョゼフィーヌ様……！）

ジョゼフィーヌはゆっくりと口を開いた。

「驚いたわ。確かにジェレミーの声ね」

ちっとも驚いていなさそうな声でジョゼフィーヌ様は言った。

まるでこの程度の証拠なんて歯牙にもかけていないとばかりに。

「確かにあたくしはジェレミーに厳しく接してきた。ずいぶん怖がっていたようだから、こんなことを口走ってもおかしくはないかもしれない。でもね、そんなことはどうでもいいのよ？」

ジョゼフィーヌ様は優しく目を細めた。

「あたくしが問題にしているのは王太子が公爵領で死んだ事実であって、ジェレミー殺しの犯人はどうでもいいの」

「な……」

「だって、ねぇ。さすがにこれは証拠にならないでしょう。もしかして、あたくしが殺したっていう証拠でも出てきたの？」

牽制にも、ならない。

ジョゼフィーヌ様はむしろ面白そうに私たちを見つめるだけだ。

「それは……出てきていませんが」

「僕たちは何も、あなたが犯人だとは思っていませんよ、伯母上」

思わず気圧《けお》された私にアルが助け舟を出してくれる。

「ただ、ジェレミー殿下がこう言った事実を共有したかっただけです。王太子が勝手に僕の妻となる人を婚約破棄し、冤罪を着せたことは既に多くの貴族が知っていますし。これで公爵領側が彼を殺す理由もないことは分かっていただけたかと」

「そうね、よく分かったわ。じゃあ本題に戻しましょう？」

さらりと、王妃はジェレミーの恥部を躱《かわ》した。

「何度も言うように、あたくしは『オルロー公爵領で王太子が何者かに殺害された責任』について話そうと思っているの。それであなたたちを呼んだのよ。手紙で言ったでしょう？　お互いのことについて話そうって」

「……言っていましたね」

あぁ、やっぱりジョゼフィーヌ様は手強《てごわ》い。

私たちがどんな手を使っても動かせない事実を突きつけてくる。

感情を母の子宮に置き忘れてきた正論の怪物は扇を広げて目を細めた。

「それでね、お願いがあるの。あなたたち――別れてくれない？」

「「!?」」

さすがに動揺が隠しきれなかった。

思わず硬直した私と違い、アルは勢いよく立ち上がった。

「伯母上。言っていいことと悪いことが……！」

「あら。あたくしは本気よ？」

ジョゼフィーヌ様は机にあった茶菓子に手を伸ばした。

パキ、とクッキーを割ってひと口食べる。

「ベアトリーチェにはね、第三王子と結婚してほしいの」

「……っ。ふ、ふざけないでください！　あの方はまだ五歳でしょう⁉」

「うふふ。そう声を荒立てないで、ベティ。若くて元気なのはいいことだけれど、あなたはもう感情に振り回される子供じゃないでしょう？　貴族の結婚なんて生まれた頃から決まっていてもおかしくないじゃない。たかが十歳や二十歳離れているからって何なの？」

手のひらで弄ばれている。そんな嫌な感じが拭えなかった。

それはずっと前からそうだ。この応接室に入った時点で――、
いや、もしかしたら私は、三年前にこの人に見出《みいだ》されてから、ずっと。

「さすがに看過できませんね、伯母上」

アルが怖い声で言った。

ふと横を見る。彼は私が見たことないほど怒っていた。

「ベティは僕の妻です。誰にも渡さない」

そう言って彼が机に投げた紙束は。

「ジェレミー殿下の素行の悪さについて責任を問う連判状です。伯母上、あなたには――」

「何度も言わせないでくれるかしら、アルフォンス」

部屋の温度が、下がった。

そう確信するほど王妃の声は低く、鋭かった。

「言ったはず。今、あたくしが話しているのはオルロー公爵領の責任の取り方であって、ジェレミーがどうとか、犯人がどうとか、本当にどうでもいいの。必要ならあとで相手してあげるから黙っててくれる？　あたくし、愚図は嫌いよ」

「……っ」

たとえ相手をしても容易《たやす》く潰してみせると、その瞳は語っていた。

ジョゼフィーヌ様はアルを鼻で笑い、私のほうを見る。

「話は変わるけれど、ベアトリーチェ。隣の大陸を――西方諸国連合をどう思う？」

ラプラス侯爵領が貿易を任されている国だ。私は唇を湿らせて知識を引っ張り出す。

「……強大な国家です。彼らは魔術なる技術を使いこなし、魔道具と呼ばれる便利な道具を開発しています。軍事力という点において、私たちが彼らに勝っている点はありません。我が国でもジョゼフィーヌ様が魔術省を立ち上げ、積極的に魔道具を取り入れていますが……」

私たちが持ってきた録音機《レコーダー》がいい例だけど、こういうのはまったく普及していない。

亜人戦争でも使われた武器も数が少なく、王家が独占しているような状況だ。

「ハッキリ言って、私たちと彼らの技術力は天と地の差です。今は魔の海に住まう海王が壁となってくれていても、早晩、何もしなければ……」

「我が国は滅ぶ。やはりお前は優秀ね。アルフォンスにはもったいないわ」

ジョゼフィーヌ様は満足げに頷いた。

「そう、あたくしたちは強くならなければならないの。今こうしている時も、着実に隣国の魔の手は迫っている。あたくしは今回の外交でそれを痛感したわ」

そういえば、ジェレミーが暴走している間、この人は西方諸国連合に行ってたんだっけ。

「あたくしはね、ベアトリーチェ。いつだって国のために動いているのよ。ジェレミーのことだってそう。誰が殺したか知らないけれど、ハッキリ言って助かったわ。だってあそこまで醜態を晒した王太子を処罰するには追放とか臣籍降下って話になるでしょう？　でも、そんなことしたら後々面倒じゃない。王家の血を引く者が仮に国外に流出したら争いの種になるし、色々とお金もかかるの。分かる？　国民の税金よ？　あんなロクデナシのために国民の血税を使うのなんてもったいないと思わない？」

正論、だった。

国という視点で見た時に彼女の行動はどこまでも正論で、そこに感情は一切ない。

これが、これこそが、歴代初の女宰相に成り上がった正論の怪物——!!

（納得できるかどうかは、別よ）

これがきっと、王妃の言う若さなんだろうと私は思う。

だけれど、やっぱり言わずにいられなかった。

「あなたは……悲しくないんですか？　ジェレミー殿下は、お腹を痛めて産んだ子供ですよ？」

「いえ、別に？」

不思議そうに、彼女は首を傾《かし》げた。

「あたくしがアレを産んだのは国のためになるからであって、国のためにならないなら要らないでしょう。生かせば生かすだけ王家の評判を貶《おとし》め、税金を浪費し、国を分裂させる。あたくしたちに内紛している暇がないってことは、あなた自身の説明で理解してもらえたと思うけど？」

結婚を望まない女性は多い。私だってアルに出逢《であ》うまで結婚なんてうんざりだと思ってた。

ジョゼフィーヌ様もそのくちなんだろうけど。

「それでも……ここまでしますか？」

アルの問いに、ジョゼフィーヌ様は平然と首肯する。

「するわね。お金がもったいないじゃない。追放も臣籍降下も内紛も、全部お金がかかるのよ。お金が減れば魔導技術の進歩も遅れるわ。ただでさえ亜人戦争の爪痕が残ってるのに」

「だから、ベティを第三王子の妻にするんですか。本人の意思を無視して――！」

「この子の頭脳は国のためになる。王家に欲しいのよね。公爵領なんかで腐らせておくのはもったいないわ」

「頭脳が欲しいなら、私が王宮に勤めるだけではいけませんか？　特別執行官のような地位を設けていただければ、私だって」

「……ふむ。そうね」

初めて、ジョゼフィーヌ様は思考に時間を割いた。

けれどすぐに顔を上げ、にっこりと笑う。

「それも考えたけど、やっぱり王家に欲しいわ。あたくしは失敗したけれど、あなたが王子を教育したら立派な子供になりそうだし。そうしたら国のためになると思うの」

国のため。どこまでもジョゼフィーヌ様の言葉はその一点を貫いている。

何も言えない私たちに満足したのか、ジョゼフィーヌ様は否《ノー》とは言わないわよね？」

「あなたたちには悪いけど、国のためだもの。もちろん否《ノー》とは言わないわよね？」

もしも断るならどうなるか分かってるんだろうな、と脅しが来る。

ジョゼフィーヌ様の判断次第で、私たちに王子殺しの嫌疑がかかってしまうのだ。

録音機《レコーダー》を公開したとしても私たちがやっていない証拠にはならないし、王妃様を貶めようとしていると言われたら公爵領の信頼は地の底まで落ちる。

そうなれば、今、順調に行っている傭兵業もすべておしまいだ。

私は奥歯を噛みしめた。

(反論が、思いつかない)

私たち貴族はアウグスト王国——ひいては国民に貢献する義務がある。

それが普段、税を集めて領地を運営し、多少の贅沢を許されている対価だ。

そういった視点で見た時、ジョゼフィーヌ様の判断はどこまでも正しい。
正しすぎるがゆえに、受け入れられない。
（嫌……今さらアルと離れるなんて、絶対に嫌……！）
『ベティ』
囁《ささや》くような声。
アルが私の手を痛いほど強く握った。彼の瞳に宿るのは決死の覚悟。
ジョゼフィーヌ様に反旗を翻してでも私を手放そうとしないのは、嬉しくもあるけど。
『ダメです。ここで逆らったら相手の思うツボです！』
『でも、ここでベティを失うくらいなら……』
――考えろ。何か、何か方法はないのか。
――税金を多く納めて譲歩？　ダメ、賄賂が通じる相手じゃない。
胸の奥からこみ上げてくる吐き気に私は口元を押さえた。
まとまらない思考、感情はぐちゃぐちゃで、頭がぐるぐると回る。
（やっぱり、無理なのかな……）
思えばずっと、私はこの人の手のひらの上だった。
家族のために頑張り続けて王太子妃にならないかと婚約を打診された時から。
王太子妃候補としてのスパルタ教育を受け続けてきた時から、ずっとそうだ。

私の存在は国のためという大義名分に消費され、人としての幸せを感じたことなんてなかった。

好きでもない男を支えていた日々は憂鬱で、何度も折れかけた。

それでも家族のために頑張って、挙句の果てに、お父様に裏切られて。

――あぁ、ジェレミー。あなたもこんな気持ちだったのね。

本当に癪《しゃく》なことだけど、今は。今だけはジェレミーの気持ちを理解できる。

やり方は最低でも、王妃の手から逃れるために、あの男も必死だったのだろう。

――ただ、幸せになりたいだけなのに。

確かに国のためにならないかもしれない。

でも、辛い日々から解放されて、自分の幸せを目指すのは悪いことだろうか？

それすらも許されないなら、なんのために頑張ればいいの？

（私は……私は、アルと。この人と、一緒に……）

「反論も出てこないようだし、手続きを進めてもいいかしら。時は金なりっていうでしょ？」

ジョゼフィーヌ様は悪びれることもなく言った。

首筋に刃物を当てられたみたいに、足に力が入らない。

この人の声を聞くだけで、身体の芯から震えて考える気力も奪われていく。

「伯母上、僕たちは……」

――誰か、助けて。

コンコン、と扉がノックされた。

私たちは弾かれるように顔を上げる。

「王妃様。その、ベアトリーチェ様に用がある方がいらしています」

「……私？」

「あとにしなさい。今は大事な会談中よ」

「それが……内容が内容だけに、いち早くお知らせしたほうがいいかと」

「……そう」

ジョゼフィーヌ様が私を一瞥《いちべつ》する。時間をやるからさっさと済ませろということだろう。

私がアルを見ると、彼が「ここは任せて」と頷いてくれた。

（私に面会……？　一体、誰なのかしら）

応接室を出た瞬間、兵士に案内された少女が飛び出してきた。

「――お姉様！」

「……フィオナ？」

愛する妹――フィオナは、私の胸の中に飛び込んでくる。

貴族院の制服を着たフィオナは半年前に見た時より大人びている。

とっても似合っているし、今すぐ絵に描いて額縁に飾りたいところではあるけど。

「フィオナ。もう大人なのだから、公衆の面前で抱き着くことは……」

「そんなことはいいです！　お小言はあとで聞きます！」

「お、お小言……」

「至急の用件なんです。王宮にいらっしゃると聞いてて良かった……」

「……一体何なの？」

　確かに例の手紙の件で、王妃様との謁見のあとにフィオナと会う約束はしていた。まだ姉離れができない子だけど、王妃様との謁見の最中に飛び込んでくるほどフィオナは馬鹿ではない。よく見れば息を切らしているし、汗ばんでいる。よっぽど急ぎの用なのだろう。

「あ、あの。落ち着いて、聞いてください。お姉様」

「フィオナのほうこそ、落ち着いて。ゆっくりでいいから」

「は、はい」フィオナは胸に手を当てて息を整えた。

　そして顔を上げ、彼女は懐から手紙を取り出す。

「セバスから知らせが届きました。お姉様」

「セバスから？」

　フィオナの眦《まなじり》から、ぽろぽろと涙がこぼれて。

「お、お父様が危篤です。今すぐ一緒に来てください!!」

「――え？」

　そう、言ったのだった。

◆◇◆◇

「あの人が、危篤……？」

私はフィオナの言葉を繰り返した。

危篤、危篤、危篤……反響する言葉の意味を噛みしめる。

「どうして……」

「理由なんてあとでいいですから！　今は行きましょう？　ね？」

フィオナが焦った様子で私を引っ張ってくる。

本当なら私もこの子と同じ気持ちになっているはずだけれど。

（……そう、危篤なの）

正直なところ、私の心はあまり動かなかった。


「……私は、行かないわ」


小さな手を振り払うと、フィオナは目を見開いた。

そんなに驚くことだろうか？

冷たく当たられたことは数知れず……。

私の名前すら呼ばない父の危篤にわざわざ出向く必要があると？

「フィオナ。あなただけで行って。そのほうが『あの人』も喜ぶでしょう」

「お姉様……⁉」

「私は行かない……行きたくないわ」

フィオナの泣きそうな目から目を逸らす。

そんな顔をされても、困る。

だって私はあなたと違って愛されなかった。

あの時、確かに私は聞いたのだ。

『幸い、我が家にはフィオナがいる。お前よりもよっぽど愛想が良くて、可愛らしい子だ。あの子の婿を探して侯爵家を任せればいい……お前は、もう要らない』

私は要らない子であると。

フィオナがいるから、私なんて借金のカタに売ってもいいと。

「お姉様‼」

「フィオナ。今は、王妃様との会談中なの。悪いけど、一人で行ってくれるかしら」

「そんな……」

泣きそうになった妹と目を合わせられない。

この子には悪いと思う。でも、こんな大変な時にお父様に会う余裕はなかった。あの時、あの瞬間、私はもう、あの人を家族だと思えなくなったから。

「――いいや、君は行くべきだ。ベティ」

その時だ。

応接室の扉が開いて、ぬう、と伸びたアルの手が、私の肩を掴んできた。

「アル……嫌、です。アルが何を言っても、私は行きません」

私はアルの裾を掴み、唇を噛みしめた。

「あの人は私を売り飛ばした。相手がアルだったから良かったけれど……もしも変な趣味を持っている人だったらどうしますか？　冤罪で嵌《は》められた私に、あの人は見向きもしなかった！　道具みたいな目で見て、名前も呼ばなくて……そんなの、あんまりじゃありませんか！」

「……そうだね。君の言う通りだと思う」

アルは私の両肩に手を置いた。

「でもね、ベティ。それでも君は行った方がいい。後悔するよ」

私は弾かれるように顔を上げた。

「アルまで……私の味方を、してくれないのですか？」

思わず振り払おうとした私をアルは力強く摑む。

彼の瞳は、プロポーズしてくれた時のように真剣だった。

「ベティ。聞いて」

「嫌です。私は……」

「ベティ！」

突然の大声に私はびくりと肩が震えてしまった。

ゆっくりとアルのほうに目を向けると、彼は優しい瞳で言った。

「大きな声を出してごめん。でもね、聞いてほしいんだ」

「何をですか……さっきも言ったように、あの人は、私を借金のカタに……」

「ベティ。よく聞いて。君は父親に売られたと言うけれど」

アルは一拍の間を置いて言った。


「うちの領地に、君を買うようなお金があると思うかい？」


私は思わず硬直する。

そして、ずっと目を逸らしていた事実を突きつけられた。


「断言する。我が家に五〇〇万ゼリルなんて大金はない」

公爵城で働くようになって見てきた会計簿。

その数字の流れに、私の支度金を送った流れがなかったことに。

息を呑んだ私は震える唇を動かした。

「で、でも、アルは、公爵で」

「そう。見栄《みえ》のために花嫁を貰う必要があったと言ったね。でも、僕にそんなお金があったら間違いなく領地のために使ってるよ？　そのほうが領民も潤うだろうし」

「……それは、そうですけど」

大前提がひっくり返されたような気分だった。

――私は、売られていない？

――じゃあ、アルはどうして私と婚約を？

疑問を込めて見上げると、アルは私をまっすぐ見つめた。

「君のことはラプラス侯爵……君の父上《ヘンリック》に頼まれていたんだ。どうか守ってほしいって。実は、君が公爵領に来てからも彼とはたびたび会っていたんだよ」

私は思い出す。アルの服から嗅ぎ慣れた、女性のような匂いを感じたことを。

そうだ、思い出した。あれは、お父様が体臭を気にしてよく使っていた――。

「……そんな、あの人は、そんなこと」

「お姉様」

それまで黙っていたフィオナが進み出た。

泣きそうに瞳を潤ませた妹は胸の前で手を組んで言う。

「お姉様がいなくなってから……お父様との食事の話題は、いつもお姉様のことばかりでした」

「え？」

「お姉様は元気にしているのか、お姉様は困っていないのか、アルフォンス様に無理強いされていないのか、それから……毎日毎日、郵便を待って……オルロー公爵領の復興を聞いて、喜んでいました」

「……嘘」

「嘘じゃありません」

嘘よ、だって、そんなの。

「『さすがは私の娘だ』、『アリアの血だな。誇らしい』、『フィオナはいい姉を持ったな』……いつもそう言って。私が恥ずかしくなるくらいの親バカで……だから、お願いですから」

フィオナは私の胸に抱き着いてきた。

「一緒に、来てください。お姉様……！」

「…………フィオナ」

――本当のことなんだろうか。

私は愛する妹の言葉に、いまいち確信を持てずにいた。

最後に話したお父様の冷たい言葉は、それほど私の心に傷跡を残していて……。

「ベティ。思い出して。君が知る、幼い頃の父上を……それが、彼の本当の姿だよ」

「幼い頃の……」

私が小さい頃。まだお母様が生きていた頃。

『ベティ。お前は大きくなったらお母さんのようになるんだぞ』

『すごい！　すごいな、ベティ！　この年でもう計算ができるのか！　私の娘は天才だ！』

『誕生日おめでとう、ベティ。お前は私の誇りだ……いつまでも、健やかに』

「……っ」

あぁ、そうだ。

あの人はとんでもない親バカで、いつもお母様に叱られて。

「私、は」

「――そう。そういうことなの。納得がいったわ」

冷たく、底冷えするような声が、私たちの間に割って入ってきた。

応接室から出てきたのは、先ほどまで会談していたジョゼフィーヌ王妃だ。

「娘に依存している自覚もない愚鈍な男と思っていたけれど、まんまと一杯食わされたわけね」

「ジョゼフィーヌ様……？」

「行ったほうがいいんじゃない？」

「え？」

意外だった。まさか正論の怪物にそんなことを言われるなんて。

「どうして……」

「だって、ラプラス侯爵の死後、領地をどうするか決めなきゃいけないでしょう。引継ぎもある。あの領地に最も詳しいあなたがいたほうが、色々と都合がいい。それだけよ」

……訂正。やっぱり王妃様は王妃様だった。

「それに、あたくしたちの話し合いはもう終わりのようだし。ねぇ？」

「まだ終わったわけではありませんよ」

「……アル？」

先ほどまで反論できなかったけれど、なぜかアルの目には力があった。

ジョゼフィーヌ様も怪訝そうだったけど、やがて彼女はかぶりを振った。

「あたくしも、あの男には聞きたいことがあるの。同行していいかしら？」

「……構いませんが、僕たちは伯母上の馬車には乗りませんよ」

「まぁ、嫌われたものね」

クスクス笑う王妃様を背に、私たちは歩き出した。

——お父様を、許したわけじゃないけれど。

最後になるなら、本当のことを聞きたい。

私は真実を求めて、王都を発《た》つのだった。

断章　父から贈るたった一つのもの

私――ヘンリック・ラプラスは侯爵家の次男坊として生を受けた。

貿易大臣に任命されていた侯爵の息子として厳しくしつけられたように思う。

私には兄がいた。とびっきり優秀な兄が。

父や母は口酸っぱく『兄』のようになりなさいと言う。

私は努力した。侯爵家の本を読《よ》み漁《あさ》り、講師には質問の雨を浴びせ、寝る時間を削って勉学に励んだ。すべては、優秀な兄に追いつき、両親に認めてもらうために。

けれど私は、どれだけ頑張っても兄の足元にも及ばなかった。

勉学でも負け、狩猟の腕でも負け、人柄の良さでも負けている。

そんな私に『ラプラス家歴代最大の落ちこぼれ』と評判がつくのに時間はかからなかった。

家庭教師や使用人たちから陰口を言われたことを、今でも覚えている。

『お兄様はもっと出来がいいのにねぇ』

『一生懸命なのは分かるけど、結果が伴わないと意味ないわよ』

『あの人は侯爵家に相応《ふさわ》しくないよ。万が一の時の保険みたいなものさ』

私に求められているのはラプラス家の血を絶やさないための種馬の役割。

結局のところ、関係がなかったのだろう。

――私がどれだけ努力したところで。

――私がどれだけ兄を目指したところで。

父や母が呼ぶのは、いつだって兄の名前だけ。

さらに私を辱めたのは、兄が優しかったことだ。

『大丈夫か？』

兄は優しかった。木陰で泣きべそをかく私の側にいてくれた。

私がどこに隠れても兄は私のことを見つけてくれた。

兄は下々の身にも優しく、使用人たちにも評判が良かった。

武芸に優れ、知略に優れ、将来はラプラス家をさらに発展させていくことを期待されていた。

……私とは大違いだ。

私は兄の優しさに甘えられず、やさぐれた。

努力をやめた。礼儀作法を崩した。貴族であることすらやめようとした。

挙句の果てに、酒瓶を片手に街をぶらつき、ゴロツキと喧嘩《けんか》する有様《ありさま》だ。

血と汗にまみれた身体《からだ》を酒で洗って酔っぱらうような退廃した日々。

そんな私に両親が見切りをつけるのも早く、私は家から追い出されることになった。

それを止めたのが兄だった。

兄は私のことを庇《かば》い、私を見ていなかった両親を糾弾した。

私は余計に惨めになっていたが、そのおかげで追放は免れた。

その代わり、ダメな私を更生すべく嫁を取ることになった。

相手はその当時、西方諸国との貿易で大きな利益を上げていた商家である。

貴族と渡りをつけたかった商家とダメ息子を更生したいラプラス侯爵家の思惑が重なり、私は貴族らしく政略結婚をすることになった。

『あなたがヘンリックね？　私はアリア！　よろしくね！』

『誰がよろしくするか、バーカ』

『淑女に馬鹿とはなんですか、旦那様とはいえ許しませんよ！』

『うが⁉　な、殴ったな⁉』

『次に言ったら慰謝料を請求しますから、そのつもりで！』

アリアは私と違って、強い女だった。

やさぐれている侯爵家の次男坊を張り倒すことを厭《いと》わない気の強さ。

私が保有していた金をまるごと管理し、酒は一日にグラス一杯までに制限された。

『あなた、根は優しいんですから、シャンとなさいな！』

なんだこの女は、と思った。

俺の何を知っているんだ、と思った。

しかし、嫁の尻に敷かれた私に発言力はなく、私はアリアと共に商会の仕事を手伝うようになった。アリアは機転の利く女だった。どんな不利な商談でもひっくり返し、最後にはまるごと勝利をもぎとってしまう強い女だった。それでいて雷を怖がり、雨の日は私の布団に潜り込んで震えて夜を過ごすような、可愛《かわい》らしい一面もあった。

――私がアリアに惹《ひ》かれるのに時間はかからなかった。

ラプラス家と縁を結ぶという商家の都合上、アリアは兄と交流することもあり、私は密《ひそ》かに恐れた。私をすべて上回る兄にアリアも惹かれてしまうのではないかと。夜、寝所を共にした私が思わず弱音を漏らすと、アリアは『馬鹿ね』と優しく微笑《ほほえ》んだ。

『あなたは確かに弱いかもしれない。けどね、私思うの。弱い人の気持ちが分かるあなただからこそ、できることがきっとある……届く言葉があるって。だから、あなたはそのままでいいと思うわ。今のあなたが、私は好きよ』

私は溺れた。アリアの優しさに、懐の深さに。

人生で初めて私という人間を見てくれたアリアに心底惚《ほ》れてしまったのだ。

それからほどなく、アリアとの間に子供ができた。

生まれた子供には『ベアトリーチェ』と名付けた。

きっとこの時の私は、世界で一番幸せだっただろう。

愛する妻がいる。娘がいる。

最初は上手《うま》くいかなかった仕事もようやく上手くいき始めた。

アリアはベティの教育に力を入れ、自分の持てるすべてを叩《たた》き込《こ》んでいた。

この時の、ベティの物覚えの良さといったら！

私は嫉妬すら忘れるほど、娘の成長が誇らしくてたまらなかった。

『アリア！　ベティがもう読み書きを覚えたぞ！　すごいな、お前もベティも、すごいな⁉』

『あなた、大袈裟《おおげさ》よ。それくらいで騒がないで』

『騒がずにいられるか！　私の妻と娘は最高だ！　はははは！』

あぁ、本当に幸せだったとも。

きっと幸せという言葉で辞書を引けば私の名前が出てくるくらいには。

『ヘンリー、おめでとう、お前に似て可愛いじゃないか』

『頭の出来はアリアに似たんだ。羨ましいだろ』

その頃になると私は兄とも交流を持つようになって、過去のわだかまりを溶かしていた。兄は私の幸せを一番に喜んでくれた。子供が生まれて駆けつけてくれた兄が『良かったな』と泣いてくれた時、私は一緒に泣いた。泣いて詫《わ》びた。これまでのこと、優しくしてくれた兄を避けていたことを。兄は『いいんだ』と言って笑ってくれた。それが嬉《うれ》しかった。

――その兄が、死んだ。

王都からの帰り道、両親と共に領地に戻ろうとした最中のことだった。

凶暴化した魔獣に襲われ、護衛は全滅。両親と妻もろとも死んでしまった。

兄の妻はお腹《なか》に子供がいた。『だいぶ遅れたが、ようやくお前と同じ父になれるよ』と喜んでいた矢先のことだった。残された私は領地を継がなければならなかった。

『私には、無理だ……兄上のようにはできない』

『大丈夫よ。あなたならできるわ。私も支えるから』

私たちはアリアの父に商会を任せ、領地の経営をすることになった。無能で、愚鈍で、嫌なことがあれば酒に逃げる私だけじゃ絶対に破綻していたが、そこはアリアである。

二人目の子供であるフィオナをベティに任せ、私が補佐に回り、実質的な運営はアリアが行うことで侯爵家は破綻を免れた。私は家族が死んだ悲しみから少しずつ立ち直り、アリアのおかげで笑えるようになった。そうだ、兄が死んでも守らなければならないのだ。

愛する家族。アリアと、ベティと、フィオナと、私で、侯爵家を盛り立てねば。

——そう、思っていたのに。

『うぐ……！』

『アリア……!?』

兄の死から一年後、アリアが病になった。

余命一年を宣告される、不治の病だった。
『逝かないでくれ。頼む。アリア。私は……俺は、君がいないと……!!』
『……ごめんね』
一年間、私は日に日に弱っていくアリアの手を握ることしかできなかった。
国中から名医と呼ばれる医者を探し出し、手を尽くさせたが……。
普段は強気でどんな苦境も撥《は》ねのけてしまう彼女も、病には抗《あらが》えない。
『お母様、やだ、やだよぉ……！』
『あなた……この子たちを、お願い』
泣きじゃくるベティとフィオナの頭を優しく撫《な》でるアリア。
弱々しいその腕が私の頬に触れて。
『どうか……この子たちを……幸せに、して、あげて……』
『アリアぁ……！』
私たちが見守る中、アリアは息を引き取った。
幼いフィオナの泣き声が虚《むな》しく響いていたことを覚えている。
私はベティとフィオナを、ひいては侯爵領を守るために立ち上がれ――なかった。
あれだけ動いていた足は鉛のように動かず、頭はどうしようもなく働かない。
まるでアリアと出逢《であ》う前にやさぐれていたあの頃のように。

『お父様、お仕事が……』
『…………』
ベティは気遣わしげに声をかけてきたが、私は答えられなかった。
それどころか娘一人に侯爵家の仕事を押し付け、酒に溺れた。
だって無理だろう。私なんかが。
私はアリアがいたからなんとかやってこられただけで。
アリアがいなければ私など、なんの取り柄もないクズ同然なのだ。
幸いにも当時十歳のベティは超がつくほど優秀だった。
侯爵領をなんとか維持しようと奮闘する娘の姿に、私は虚しくなった。
結局のところ、私がいなくてもベティがなんとかしてしまえるのだと。
『とーたま……かーさま、どこ行ったの……？　お腹空いたぁ……』
フィオナがアリアの部屋で飲んだくれる私にそう言ったのを覚えている。
私は『用意させるよ。一緒に食べよう』と言った。
けれどフィオナは瞳に涙を浮かべて言ったのだ。
『やだやだ！　かーさまと一緒じゃなきゃやだ！　とーたまなんて、や！』
『……っ』
駄々をこねるフィオナをどうやって宥《なだ》めればいいのだろう。

途方に暮れた私のところに騒ぎを聞きつけたベティがやってきて、フィオナをあやした。

領地の経営だけじゃなく、育児まで。

私は何一つ満足にできず、惨めさばかりが募るようになっていた。

何かしなければならない。あの子たちのために。

アリアの死から二年後、私は焦りと寂しさから、二人目の妻を迎えることにした。

アリアの時も上手くいったのだから、商家の娘がいい。

ベティがいない間にフィオナをあやせる、おっとりして優しい女だった。

きっとこの人がいればベティを、フィオナを幸せにできる。

惨めで何もできない私よりも、同じ女である彼女がいたほうが安心だろう。

実際、ベティは複雑そうな顔をしていたものの、二人目の妻を受け入れてくれた。

フィオナも同じだったから私は尚更《なおさら》安心して、再び立ち上がる気力が湧いてきたのだ。

――上手くやれている。

――大丈夫だ。アリアがいなくなったのは寂しいが、私は頑張れる。

残された二人の子供のためにも頑張ろう。

いつも、私がそうやって決意した時に限って厄災が起きる。

亜人戦争が起こった。

亜人たちを厚遇していた侯爵家は彼らの暴力を受けることは少なかった。

けれど、亜人を厚遇する私たちをよく思わない他領の貴族たちが不当に関税を引き上げたり、商品の製造に使うための原料を届けないことが多発した。亜人たちの中にも同族の決起に立ち上がらんと仕事を放棄する者が続出し、その結果、侯爵領は見事に落ちぶれた。

——二人目の女は財産を持ち逃げして出ていった。

あの女はラプラス領を裏で操ろうとしていた貴族の手先だったのだ。

そうと気付いた時にはもう遅く、人手不足、資金不足、材料不足、あらゆる厄難に襲われ、ラプラス侯爵家の借金はどんどん膨れ上がっていた。私はまた酒に溺れた。もう終わりだと、何度も思った。そのたびに立ち上がるのは、私以外の誰かだった。

『いいえ、まだ終わりではありませんわ！』

ベアトリーチェ。

彼女は在りし日のアリアを思わせるきびきびとした指示を下していく。

またたく間に黒字になっていく帳簿を見て私は惨めさより、誇らしさで胸がいっぱいだった。

私の腕の中で小さく震えていた娘が、こんなにも大きくなった。

何事からも逃げ出して、惨めで愚かな私と違って、こんなにも頼もしく。

私は娘の雄姿を見て、再び頑張ろうと思った。

こんな、侯爵領をダメにしてしまうような親だけれど、幼いフィオナもいる。

ベティの代わりに社交界に出入りし、侯爵領の支援先になるような貴族と渡りをつけた。

ベティは貴族とのやり取りを苦手としていたから、陰ながらサポートできたように思う。

実際彼女の仕事は油を塗った歯車のように上手く回り出した。

そんな時である。

『ねぇ、ヘンリック。あなたの娘、あたくしの息子にどうかしら』

王妃の提案。つまり王太子妃。

私はその話に飛びついた。

――王妃が後ろ盾になればベティも幸せになれるに違いない！

――侯爵領の経営も安定するだろうし、もっと楽をさせてやれる！

ベティは第一王子との婚約を喜んでくれた。

それが家のためになるなら、と少し言《い》い淀《よど》んでいたことは気になったが、今はまだ戸惑っているだけで、生活が安定するようになればそんな顔もしなくなるだろう。

――本当に、そう思っていたんだ。


ベティが、笑わなくなるまでは。


王都に住むベティは屋敷《やしき》と王城を行き来する日々となった。

毎日朝早くに起きて、夜遅くに帰り、領地の仕事をするような日々。

――今だけだ。今を越えれば、きっと。

私は自分にそう言い聞かせた。

辛《つら》いのは今だけで、今度こそ間違えていないと。

けれど、私がそう思えば思うほど、ベティが笑っていないことに目がいく。

私やフィオナが話しかけても、表面上、取り繕うだけで、ベティは疲れが溜《た》まっていっていた。

せめて侯爵領の仕事だけでも私がやらねば。

今までベティに任せていた分を引き受け、私は仕事をすることにしたのだが、

『お父様、あの、こちらの書類なんですけれど……』

私の書類のミスに気付いたベティがやんわり言ってきた。

他領の商家とのやり取りの金銭ミス。あってはならないミスだった。

私の失敗を訂正するという新しい仕事が増えたベティは取り繕ったような笑みで言った。

『お父様、ここは任せてくれて構いませんから、お休みになられては？　せめて余計な……ぁ』

ベティは失言に気付いたように顔を蒼褪《あおざ》めさせた。

『申し訳ありません。私……』

『いや、いい。気にするな。私が悪い』

本当に、ただただ情けなかった。

娘の仕事も肩代わりできず、足を引っ張ってしまうような愚図。

聞けば、王妃はベティを重用するあまりスパルタ教育を課しているという。
国のためとはいえ、大事な娘がここまで疲弊しているのを見ていられなかった。
そこでようやく気付いたのだ。
あの王妃がベティを道具としか思っていない、感情のない化け物だということに。
――また、失敗してしまった。
私は激しく自己嫌悪した。
もう死んでしまおうかと何度も思った。
一生懸命やりたいのに、娘の力になりたいのに。
なんとかしようと手を尽くしても、二人目の妻に財産を持ち逃げされ、
娘が目の下に隈《くま》ができるほど頑張っているというのに支えることもできず。
やることなすことが裏目に出て自分の存在価値を疑ってしまう。
私はこんなにも、何もできない人間だ。
私室で一人泣いている娘を慰めてもやれず、その涙を止める方法すら分からない。
どうしたら、また娘が笑ってくれるようになるんだろう。
あの狡猾《こうかつ》で冷酷な王妃の人形になるのが、本当に幸せなのか？
アリアが生きていた頃の……。
なんの心配もなく、ただ心のままに輝いていたベティに、どうやったら戻してやれる？

『どうか……この子たちを……幸せに、して、あげて……』

アリアの言葉を思い出す。

そうだ。私は、ベティを幸せにしなければならない。

王太子妃という重圧を背負い、朝早くに起き、夜遅くまで働き、王妃の人形になることが幸せではない。

あの感情のない怪物の手から守ってやるには、強い男が必要だ。


――今度こそ、失敗はできない。


『ごほッ、ごほッ、はぁ、はぁ……』

執務室で血を吐きながら、きつく拳を握りしめる。

私は、肝臓を患っていた。

十代の頃から浴びるように酒を飲み続けてきた弊害と医者に言われた。

余命はおよそ三年。それまで、かなり苦しむことになるだろうと。

別に死ぬのは構わない。苦しむことも、私に相応しい代償だろう。

だがその前に、ベティを、フィオナを。

私のような弱くて情けないクズじゃなく、信頼できる者に託さねば。

やることなすこと裏目に出る私の、最後の戦いだ。

……と、その前に、本人の意思を聞いておかねばな。

王太子の時はベティになんの相談もせずに婚約の話を承諾して失敗した。

思えば私は、娘がどんな男を好きかも知らなかったのだ。

私室に行くと、泣き疲れたベティが、書類を広げて船を漕《こ》いでいた。

『ベティ』

『……おとー、さま……？』

寝ぼけているなら好都合。私は耳元に囁《ささや》くような声で問いかけた。

『ベティ。お前は、どんな男と結婚したい？』

『何を言ってるんですか……私はもう、婚約してますよ……？』

ベティはうつらうつらと船を漕ぎながら、泣き腫らした目を薄く開けて言った。

『でも、もしやり直せるなら……』

『うん』

『優しい人が、いいです』

『ほう』

『私のことを、ちゃんと見てくれて……亜人が好きで……もふもふを許してくれて……侯爵家の力にもなってくれる……頼もしくて……優しい人なら、私は……』

こんな時でも家のことを考えてしまうベティに私は苦笑する。

愚かな私のせいで、この子には苦労させっぱなしだ。

『顔は？　体格は？　見た目はどんな男がいいんだ』

『お母様が……美男子は、三日で飽きると……私も、同意見です……顔より、私と対等に、私という人間を、受け入れる……人が……まぁそんな人、いるわけ、ない、ですけど……』

ベティの言葉はそこで途切れた。疲れていたのに、ごめんな。

私は娘を起こさないように毛布をかけて、その場をあとにする。

ベティの言った条件は厳しい。

亜人擁護派で、女性を立てて、優しく、頼もしく、侯爵家の力になれる家などそうそうない。

だが、私には一つだけ心当たりがあった。

決して美男子ではない。スタイルがいいとも言えない。

だが、容姿をまったく気にしなくても済むなら、とっておきの人材がいる。

私は王妃に対する作戦を立ててから、満を持してオルロー公爵家にコンタクトを取った。

亜人博愛主義などと言われて貴族社会で爪弾《つまはじ》きにされた一家だ。

当代のアルフォンスは太りやすい体質らしく、人目を避けて公爵領にこもっていた。

何度かの密談で敬語を外せるくらい仲を深めたあと、私は思い切って言った。

『なぁアルフォンス、私の娘と婚約しないか』

『あなたの娘を、僕に……？　でも確か、あなたの娘は』

『ジェレミー第一王子と婚約中だ。だから別れさせる』

『!?』

ジェレミーとベティが上手くいっていないことは耳にしていた。

ベティが懇意にしている情報屋からの情報だ。確かなものだろう。

『ジェレミーは、王妃の操り人形になることを恐れてる。それを利用する。権力に縋《すが》る愚かな男を演じ、婚約破棄に協力すると同盟を持ちかける。既にヒルトン家のレノアとは話をつけた』

あの王子と私の境遇は似ていた。

両親からの愛に飢え、一人の人間である証《あかし》が欲しかった。

私と同じ弱い人間だ。彼の気持ちはよく分かったし、利用することも簡単だった。

（きっとアリアは、こんな形で弱さを利用してほしくなかっただろうな……）

弱い人の気持ちが分かるからと、アリアは私を励ましてくれた。

私は弱い人間を利用するクズで、娘一人のために王家を敵に回すロクデナシだ。

『ジェレミーは十中八九、ベティよりもレノアを選ぶだろう』

『だけど、そうなったら伯母上が黙っていない。あの人の恐ろしさは』

『それは私が一番よく分かっている。だからアルフォンス。君が守ってくれ』

オルロー公爵領のあるソルトゥードは亜人たちが集まる火薬庫だ。

王族は亜人戦争時に彼らを見捨てた負い目もあるだろうし、仮にも公爵という立場上、下手に手出しはできない。戦争当時は魔石鉱山で豊かになりすぎていたから、その財力を削《そ》ぐためにも見捨てたのだろうが、今となっては好都合だった。

『王妃が外交に出かけている時に婚約破棄させる。ベティは傷つくかもしれないが、王妃の人形として生きていくより、君の元にいるほうがいい』

アルフォンスの人柄は知っている。

確かに容姿は良《い》いとは言えないが、誠実で優しく、剣の腕も確かな男だ。

この男にベティを託してしまえば、王妃も、他の貴族も下手に手出しはできない。

ベティを狙うのは王妃だけではない。

優秀なベティは社交界で目を付けられていた。

王妃のことがなくても、いつ囲い込みが始まってもおかしくない状態だったのだ。

『無論、王妃はベティを諦めないだろう。そこは私に任せろ』

『何か、考えがあるんだね。聞かせてくれるかな』

私が二年かけて練り上げた計画を話すと、アルフォンスは愕然《がくぜん》とした。

『あなたは……娘のために国を売るつもりなのかい？』

『王妃がベティを人形にしようとするならば。それも厭わない』

『そんなことしたら確かにその子は助かるかもしれないけど、あなたは……！』

『捕まるだろうな。まぁ、反逆罪で捕らえられても……ごほっ、ごほッ』

その頃には死んでいるだろうから、問題ない。

どうせ死ぬ命だ。家族の幸せのためにやるだけやって死ぬさ。

『娘には、言わないのかい』

『言えるわけがない。言えば反対される』

『だからって、冷たく当たって嫌われるようなこと……話せば分かってくれるだろう？』

『王妃が怖いから国を売って幸せになれと？　君はそれを、あの子が呑《の》むと思うか？』

『……』

ベティは賢い子だ。それ以上に優しい子だ。

自分を犠牲にして話が済むなら、それでいいと思うような子だ。

何よりこの作戦は自分の死が前提の特攻。

すべての責任は私にあるし、それ以外にあってはならない。

万が一ベティが協力して、それを王妃に知られたら？

『……それに私は』

ベティに、合わせる顔がない。

領地の仕事を肩代わりさせ、妹の母親代わりまでさせて……。

今さら、どの面下げて父親面ができる？

『幸い、フィオナのことは心配しなくていい。貴族院までは王妃の手も伸びないはずだ。あの子は私と違って落ちこぼれでもないが……ベティのように飛びぬけて優秀というわけでもない。頑張り屋さんの、普通の女の子だ。私の死後、ベティがなんとかしてくれる』

　あれもこれもやろうとするから、失敗する。

　私の命を差し出せば、神もきっと今回ばかりは許してくれるはずだ。

『……分かった』

　しかして、アルフォンスは頷《うなず》いた。

『でも、彼女が拒絶すれば話は別だよ。僕はこんな見た目だし、領地だって豊かとは言えない。いくらあなたの娘でも、三日で逃げ出すんじゃないかな』

『ふ。それはない。あの子は私たち自慢の娘だからな』

　私とアリアの、大事な娘だ。

　愚図な私から生まれたとは思えない、最高の子供だ。

『言っておくが、泣かせたら殺す。定期的に様子を見に行くからな』

『……分かったよ。おっかないなぁ、お義父《とう》さん』

『まだ君に父と呼ばれる筋合いはない！』

　すべて、上手くいっていた。

『子爵令嬢を虐《いじ》めるとはな。「ラプラスの叡智《えいち》」と呼ばれて調子に乗ったか？』

ジェレミーに婚約破棄されたその日、私はベティの顔を見られなかった。

『大体、本当に私がやるならバレないやり方で上手くやってます。まずは徹底的に財産を毟《むし》り取《と》り、貴族の位を剝奪させ、王家に相手の領地を接収させてから不正を暴いた証拠で褒美を貰《もら》います。ただ罵るとか、野盗に襲わせるなんて無駄です。そんなお金にならないこと、私がするわけ――』

あぁ、そうだろうとも。お前がそんなくだらないことをするはずがない。

貴族院で虐められていたエルバリア男爵令嬢の汚名を一緒に背負うくらいだ。

お前が優しい子なのは、私が一番よく分かっているよ。

『冤罪《えんざい》だろうがなんだろうが、お前が婚約破棄された間抜けなのは事実だろう?』

それでも私は、こう告げる他になかった。

ベティは聡《さと》い子だ。私如《ごと》きの企《たくら》みなど、一瞬で見抜いてしまう。

『……そもそもこの騒動を知ったら王妃様が黙ってるとは思えません』

そうだ。だからお前には隠す必要があるのだ。

ベティに注目している王妃は、ベティの動きを絶対に見逃さないだろう。

私だから――愚鈍で商才の欠片《かけら》もない、路傍の石の私だから王妃を出し抜ける。

『お前にはもう一度婚約してもらう』

ベティ。お前をジョゼフィーヌの呪縛から解き放つ。

今まで耐えてくれて、本当にありがとう。

お前は覚えていないだろうけど、お前のタイプの男を選んだつもりだ。

アルフォンスは見た目こそアレだが、心根は社交界でも類を見ないほど優しい。

本当は二人をお見合いさせて、交際期間を設けてあげたかったんだが。

『幸い、我が家にはフィオナがいる。お前よりもよっぽど愛想が良くて、可愛らしい子だ。あの子の婿を探して侯爵家を任せればいい……お前は、もう要らない』

違う。要らないのは、私のほうだ。

酒に溺れ、女に騙《だま》され、子供に迷惑をかけてばかりのダメな親など、お前には要らない。

お前に必要なのは、お前のことを真に見守ってくれる者たちだ。

アルフォンスのような、度量の深い男だ。

『侯爵家からお前に侍女はつけない。それを伝えておこうと思ってな』

侯爵家の使用人はほとんどが王妃から紹介された者たち——つまり監視役だ。

彼らをベティにつけるわけにはいかなかった。

だから私は、ベティを慕ってくれるシェンに同行してもらおうと思っていたのだが。

私が言うよりも前に、シェンは退職届を叩きつけてきた。

『ベアトリーチェお嬢様がいないこのお屋敷に用はありません』

私はシェンの背中を見送りながら、目頭を押さえた。

──見ているか？　アリア。
私たちの娘は、一人の人間にあそこまで言ってもらえるようになったんだ。
金でもない。権力でも、容姿でもない。
ただベティの中身を見て、忠義を尽くすと言ってくれる子がいるんだ。
この世界で誰かにそう言ってもらえる人間が、一体どれだけいると思う？
本当に、最高の娘だ。誇らしくてたまらない。
ただ、そうやって誇らしさを感じれば感じるほど、自分の惨めさも際立ってくる。
……ごめんなぁ、ベティ。
父親がこんなにも情けないばかりに。お前には苦労ばかりかけた。
領主としての責務も果たせず、ロクに子育てもできない。
情けない私を許せとは言わない。
お前は、何も知らなくていい。
誰がなんと言おうと、私はクズだ。
お前の名を呼ぶことすらできない、最悪の男だ。
たとえ王妃の下から解放されたとしても、私の罪は一生消えないだろう。
こんなことで許してくれなんて言える資格はないけれど。
なぁ、ベティ。

お前は今、幸せになってくれているだろうか？

最終章　成金《なりきん》令嬢の幸せな結婚

「ヘンリックから取引の話を聞いた時、正気かって思った」

久しぶりに訪れるラプラス侯爵家は驚くほど静かだった。

玄関ベルを鳴らしても誰も出てこず、使用人たちも見かけない。

アルは予想していたかのように勝手に玄関を開け、私たちに道を作った。

王妃様も同行しているけれど、一旦入り口で待ってもらっている。

「父上と懇意の仲じゃなかったら耳も傾けなかった。娘のために国に喧嘩《けんか》を売るような真似《まね》……相手が相手、間違いなく反逆罪だ。それでも、彼は君に……」

アルは私に振り向いた。

「行こう、ベティ。君の目で真実を確かめるんだ」

「……はい」

馬車の中で聞いたお父様の計画……一連の婚約破棄騒動はお父様の企みのうちで、王妃様から私を逃がすためにやったことだと知った。でもそれは自分のわがままで国を売る方法だ。

（それでも……私は……）

いまだに、信じきれない自分がいる。

それほどにお父様に叩《たた》きつけられた言葉は、私の心に深い根を下ろしていた。
(……行けば、分かるわ)
私たちは住み慣れた侯爵邸を歩いていく。
まるで死出の道行きを飾るように整えられた前庭。
噴水の小さな音に言い知れない不安を覚えて、私は自然とアルの手を握っていた。
――ラプラス侯爵邸には誰もいなかった。
ピカピカに磨き上げられた大理石の床にまっすぐ敷かれた赤い絨毯《じゅうたん》。
二階へ続く玄関階段を上がり、調度品一つない無機質な廊下を歩いていく。
そして、お父様の寝室に着いた。
私たちは顔を見合わせ、フィオナがドアノブを回す。
瀟洒《しょうしゃ》な扉が、音を立てて開いていく。
(あぁ、この匂いは覚えてる)
お母様が死ぬ前に嫌というほど嗅いでいた匂いだ。
死を遅らせるために煎じた薬草の匂いが、ふわふわと漂っていた。
「フィオナ、か……?」
飾り気のない部屋の一番奥。
ベッドの上に寝かされたお父様はこちらを見ずに言った。

「わざわざ来てくれたのか。すまないな……誰もいなくて、驚いただろう？」

アルとフィオナは黙ったまま私に目配せする。

私は頷《うなず》いて、ゆっくりと、お父様の傍《そば》に歩いた。

「全員、解雇した。もちろん、次の職場も斡旋《あっせん》したぞ……今度は、上手《うま》くできたからな」

（……っ）

ベッドに横たわるお父様に覇気はなく、目は虚《うつ》ろで、天井のあちこちを見ている。

白髪まじりの髪、布団からはみ出した腕には肉がなく、皮と骨だけのようだった。

「お父様、お加減はいかがですか？」

私の後ろからフィオナが気遣わしげに問いかける。

お父様は咳《せ》き込《こ》みながら答えた。

「ごほっ、ごほっ、良くは、ないな……フィオナ。よく、お聞き」

私はお父様のベッドの横に膝をついた。

お父様は顔を動かす力もないようで、私に気付くことなく言った。

「お前のことは……ベティにすべて任せる」

「……っ」

「あの子は、聡《さと》い子だ……私などがいなくても……すべて悟って……行動してくれる。ラプラス侯爵家は……誰にも継がせない……お前は、オルロー公爵家の養子になるだろう……既に、籍は移した。不安、か？　大丈夫だ……お前には……とびっきりの姉が、いるから」

私はお父様の顔を直視できず、口元を押さえて俯《うつむ》いた。

熱くなった瞼《まぶた》から、涙が滴り落ちていく。

「そうだ……ベティ。ベティは、元気にしていたか？」

「……っ」

「アルフォンスと、会って、話は聞いたが……直接、見られないのは、怖いな。私は、失敗してばかりだから……また、あの子を傷つけていないだろうか……げほっ、げほっ」

まるで身体《からだ》に残る最後の力を振り絞るように。

言葉を紡ぐごとに、お父様の身体から力が抜けていくようだった。

「最期に、父親らしいことが、できただろうか」

「……お父様」

私はお父様の手を握るけど、声は出していない。

ずっと知りたかったことを、後ろからフィオナが聞いてくれた。

「なぜ、お姉様に言わなかったのですか……一言、言ってくだされば……」

「……怖かったんだ」

自嘲するように、お父様は言う。

「私は、馬鹿だから。何を、やっても……裏目に、出る。もしも、失敗したとしても……お前たちを巻き込むことだけは、できなかった……王妃から逃れて……幸せに、なってほしかった」

「……っ!!」

あのジョゼフィーヌ様から私を引きはがすために。

私の幸せのために、この人はすべてを懸けたのか。

肝臓を患い、強烈な激痛と戦いながら、それでも――。

「ふふ……フィオナ。お前は、良《い》い姉を、持ったな」

「……ぁ」

「あの子は、すごいぞ。なんたって……アリアの、子だ。私に似ても似つかない……最高の……げほっ、げほッ……はぁ……今さら、私に父親面する資格は、ないが……最期に……遠目から……ひと目だけでも、あの子の顔を……見たかった……」

もう、耐えられなかった。

私はお父様の手を強く握りしめた。

「お父様」

「私は、ここにいます」

お父様が愕然《がくぜん》と目を見開き、立てつけの悪い扉のように私の方を向いた。

長らく見ていなかったお父様の顔はやつれていて、瞳に涙が滲《にじ》む。

「ベティ……?」

「はい」

「なぜ、ここに」

「アルが、すべてを教えてくれました」

お父様は私の後ろにいたアルにも気付いたようだ。

「……契約、違反だ。罰金を貰《もら》わねば……」

「覚悟の上だよ……最期くらい、娘と話すといい」

お父様は諦めたように息をついた。

「「……」」

私たちは、互いに言葉を発しなかった。

何から話したらいいのか分からなかった。

言いたいことはたくさんあって、吐き出したい感情が胸に溜《た》まっている。

『なぜ』と問いただせばキリがなくて。私は、ただ。

「何も、言ってくれるな」

「……え？」

お父様は突き放すように私の手を振り払った。

「これは、私が、勝手にやったことだ……お前には、関係がない」

「そんな……でも、私のために」

「自分勝手な男が、最後に気まぐれに、自棄《やけ》を起こした。それだけのこと……」

「私はっ!!」

私はお父様の手を摑《つか》んだ。

お父様は、びっくりしたように私を見る。

「私はただ、傍にいてくれればそれで良かった！　私を見て、私の名前を呼んで、家族一緒に頑張れたら、誰に馬鹿にされようと、それで……！」

「……うん」

「それで、良かったのです……」

「…………うん」

お父様は大粒の涙を流しながら頷いた。

「ごめんなぁ。ベティ」

「……っ」

「お前が、何を望んでいるか……分かっていた、つもりだ。それでも私は、怖かった。私の至らなさが、またお前の足を、引っ張ってしまうのではないかと……お前に対する負い目と……劣等感が、私をお前と向き合わせなかった……本当に、すまない」

確かに私は辛《つら》かった。

お父様にはちゃんと名前を呼んでほしかったし、食事だって一緒に食べたかった。

お父様と、フィオナと、三人で笑っていられたらと、何度望んだことだろう。

「私は……私だって……」

「一つだけ、聞かせておくれ、ベティ」

お父様は私の手を上から包み込むように握り返した。

空色の瞳がまっすぐに私を捉えて、

「お前は今、幸せか……？」

そう、問いかけてくる。


「はい」

私は迷わず頷いた。

アルを見て、フィオナを見て、もう一度お父様を見る。

「あなたのおかげで、私は幸せになれました」

「……そうか。そうかぁ……」

お父様は、それはそれは嬉《うれ》しそうに笑った。

「良かった……最後だけは、上手くいったんだなぁ……」

それは私が幼い頃に見ていた、大好きな父の顔だった。

「ベティ。最後に、伝えることがある」

「もう、もう喋《しゃべ》らないでください！　まだ生きて、傍に……」

「ダメだ。大切な、ことだ」

お父様は私の耳元に大事なことを囁《ささや》いてきた。

目を見開く私の目を真っ向から見つめ、お父様は頷いた。

「大丈夫。お前ならできる。お前は、お前たちは、アリアと……私の娘だ」

「……っ」

もう、本当に最期だと分かった。

お母様が死ぬ前と同じ様子に、たまらずフィオナが飛び出してきた。

「お父様っ」

胸に抱き着いたフィオナと私を、お父様は痩せ細った手で抱きしめる。

「二人とも……ありがとう。元気で、な」

「お父様、やだ、やだぁ……！」

「好き嫌いは、しないように。私のように……酒に溺れるのは、ダメだぞ。辛いことがあったら……二人で、支え合うんだ。家族だからな……喧嘩も、できるだけするな。あとになって後悔するから……それから、もし、男に浮気されたら……蹴り潰せ。それから……」

お父様の最期の言葉を私は余さず聞き取ろうとした。

その時だった。

「――死ぬ前に聞かせてくれる？」

不躾《ぶしつけ》な声が、その場に響いた。

私たちは揃《そろ》って振り返る。寝室の入り口に立つジョゼフィーヌ様はつかつかと歩いてきた。

「伯母上、今は……」

「お黙りなさい。そこの反逆者に聞きたいことがあるの」

「『反逆者……？』」

何も知らないフィオナが怪訝《けげん》そうに眉根を寄せる。

しかし、そこは王妃様だ。周りの反応など知ったことかと、問いを投げた。

「レノア・ヒルトンをどこへやったの」

お父様はジョゼフィーヌ様を見て、勝ち誇ったように嗤《わら》った。

「今ごろ……国に、帰ってる頃、でしょうな……」

「本来なら反逆罪で殺してやりたいところだけど、もう死ぬのよね」

ジョゼフィーヌ様は息をつき、お父様に背を向けた。

「あたくしに一泡吹かせたことに免じて、娘たちの連座は取り下げるわ」

それはきっと、王妃様の最大級の賛辞だった。

その場から消えた王妃様の背中を見送り、お父様は私を見る。

「ベティ……分かっているな？」

「はい。あとはすべて……お任せください」

「うん」

お父様は、満足げに頷いた。

「さらばだ。娘たちよ。アルフォンス……この子らを、頼んだぞ」

「あぁ。さようなら……お義父《とう》さん」

「ふん」

お父様は、少年のように口をへの字に曲げた。

「娘を泣かせたら……あの世から……呪い殺すぞ。バカ義息《むすこ》」

それがお父様の最期の言葉だった。

お父様の身体から完全に力が抜けて、呼吸が聞こえなくなる。

「……どうか、安らかに」

私はくしゃりと顔を歪《ゆが》め、鼻を啜《すす》り、そしてアルと一緒に席を立つ。

「フィオナ。悪いけどお父様は任せたわ」

「ぐす、うぅ……お、お姉様方は、どちらに……？」

「最後に片付けなきゃいけない女がいるの」

お父様のおかげで、活路ができた。あとはもう彼の遺志が示したことをやり遂げるだけ。

――私たちの戦いに、決着をつけましょう。

◆◇◆◇

ジョゼフィーヌ様はラプラス侯爵家の前庭で待っていた。

噴水のへりに座りながら物憂げな表情を浮かべる様は、絵画のように美しい。

「あぁ、来たわね」

私たちに気付いたジョゼフィーヌ様は侍従らしき男から書類を受け取った。

「それじゃ、この離縁状にサインしてもらえるかしら？」

「……こんな時に、よくもそんなことが言えますね」

「こんな時だからよ？　あなたの父がやってくれたおかげで、この国は重大な危機に直面してる。もう一刻の猶予もないわ。多少強引な手を使っても、あたくしは国を守らないと」

「……父が一体何をやらかしたって言うんですか？」

「レノア・ヒルトンは西方諸国連合のスパイだったの」

「!?」

「ジェレミーに近付いたのもこの国の内部事情を詳しく調査するため。王族に近付けば情報が得られると思ったんでしょうね。彼の父、オズワルドも同じよ。だけど、あたくしは彼らが持つ魔導技術が欲しかったから、ある程度情報を操作して泳がしておいた」

ジョゼフィーヌ様がラプラス侯爵邸の二階を見上げる。お父様の部屋を。

「そんな彼女をヘンリックが逃がした。なんのためにこんなことをしたのかは、分からないけど。

ジェレミーは馬鹿だったから、彼女にどこまで情報が流れているか分からないわ」

聞けば、レノアの父である宮廷魔術師のオズワルドも消えたという。

オズワルドへ流れる情報はかなり制限されていたらしいが……確かにそれは一大事だ。

(そうか……このためにお父様は借金をしたのね)

レノアの真実、スパイ、婚約破棄、借金、王妃様……。

すべての点と点が繋《つな》がり、私の脳裏にお父様が描いた『絵』を浮かび上がらせる。

「分かりました」

目の前に来た私に、ジョゼフィーヌ様は柔和な笑みを浮かべた。

「いい子ね、ベアトリーチェ。ようやく分かってくれたの」

「ええ。貴族として、国難を無視するわけにはいきません。但し――」

私はジョゼフィーヌ様から離縁状を受け取り、サッと内容を書き換えた。

「あなた、何をして」ジョゼフィーヌ様が怪訝そうに眉根を寄せたその時だ。

「――ご報告申し上げます!!」

王妃を護衛する兵士たちの波を掻《か》き分けて、早馬がやってきた。

馬から降りた騎士はジョゼフィーヌ様の前で膝をつき、蒼白《そうはく》な顔で叫ぶ。

「せ、西方諸国連合が、宣戦布告してきました！」

「な⁉」

「斥候船より報告のあった魔導戦艦、三〇！　およそ数千人の戦力と推定されます！」

たかが数千、されど数千だ。

魔導技術に優れた西方諸国連合の数字は、字面以上に重い。

「なぜ今……いや、そうか。まさかあの男、この時のために……‼」

ジョゼフィーヌ様は忌々しげに侯爵邸の二階——お父様の部屋を睨《にら》んだ。

パトラとも話した件だ。大陸間に横たわる魔の海には海王《かいおう》と呼ばれる魔獣が棲《す》んでいる。かの魔獣のおかげで大規模な軍船は通れず、我が大陸の平和は保たれているけど、西方諸国連合との貿易を任されているラプラス侯爵家は魔獣の生態を調査し、艦隊が通れるルートを割り出していた。国の極秘情報というべきそれを、お父様はヒルトン家に渡したのだ。

「こうしちゃいられないわ。今すぐに国軍を召集して！　それから——」

「お待ちを、王妃様」

「ベアトリーチェ。悪いけれど、もうあなたに構っている暇は」

「その艦隊、私たちがなんとかすると言ってもですか？」

「……なんですって？」

ゆっくり振り向いたジョゼフィーヌ様の鼻先に、私は先ほどの離縁状を突きつけた。


乙、ベアトリーチェは西方諸国連合の艦隊を処理する。上記事項が達成されない場合、甲、ジョゼフィーヌの命に従い、国益のためにオルロー公爵と離縁するものとする。

――但し、条件が達成された場合。

甲は以降、乙の婚姻に二度と関知しないこととする。


「これは……」

「取引しませんか」

ジョゼフィーヌ様が書面の内容を目でさらったのを見て私は言葉を続ける。

「この条件に従ってくださるなら、私はあなたの言いなりになります」

「……あのね、これは国難なの。いくらあなたでも、戦争を一人で片付けるなんて」

そして彼女は、愕然と目を見開いた。

「……そうか」

「気付きました？」

隣に立ってくれたアルの腕を取り、私は口元を吊《つ》りあげる。

「このための傭兵団ですよ。数々の魔獣を討ち取ってきた亜人族の騎士団であれば、西方諸国連合の艦隊もなんとかできます。あなたには――あなた方には、得しかない話では？」

「……」

これは王妃側からすれば絶好のチャンスだ。

亜人蔑視が強い軍務省では、最近組織したばかりの傭兵団《ようへいだん》は国軍として数えられていない。

国軍を召集するにしても各領地から兵力を集めるのには時間がかかるし、軍費だってかかる。

その点、オルロー公爵領の傭兵団は？

いつでも魔獣の討伐に向かえるように軍備を整えているし、軍費は自腹。

各領地で評判になることから実力は折り紙付きで、彼らを先遣隊として派遣すれば、できる限り敵の戦力を削《そ》ぎ、分析し、対策を立てる時間を稼げる。

その皮算用を間違えるジョゼフィーヌ様ではない。

「いいでしょう」

未曾有《みぞう》の国難を前に、ジョゼフィーヌ様は離縁状にサインした。

「あなたの取引に乗ってあげる。反故《ほご》にすることは許さないわよ」

「もちろん、そんなつもりはありません」

「……大した自信ね。傭兵団を使い潰すつもり？　私の夫は強いらしいですよ？」

「ええ。私はからきしです。その代わり、あなた、知恵は回るけど戦いのほうは――」

片目を閉じて言うと、アルは私に微笑《ほほえ》み、頷いてみせた。

「任せてくれ。ヘンリックは父の務めを果たした——今度は、僕《夫》の番だ」

◆◇◆◇

「長かったわ……」

潮風に髪を靡《なび》かせながら、レノア・ヒルトンは呟《つぶや》いた。

月影もない夜の海は静かで、暗闇の中、声だけが彼女の輪郭を浮かび上がらせている。

「これで任務終了。ワタシちゃんは晴れて大金を手に入れ恩赦……そうよね、オズワルド様？」

「この戦争が無事に終われればな」

レノアが振り返った先、軍服に身を包んだ男が薄ぼんやりと杖《つえ》を光らせた。

アウグスト王国における宮廷魔術師であり、今回の戦争で水先案内役に選ばれた男。

「オズワルド様との家族ごっこも終わりということね。寂しくなるわぁ」

「ふん。俺も蛮国での任務は辛かったが、貴様とのままごとが一番堪えた」

「まぁ。ずいぶんなご挨拶だこと。誰のおかげで宣戦布告できたと思ってるのかしら」

「冷や冷やする場面は何度もあったがな……貧民にしてはよくやった。褒めてやる」

「お褒めの言葉をくれるくらいなら報酬を弾んでくれたら嬉しいのだけど」

「ふん……執行猶予中の身でよく吼《ほ》える。殺すぞ」

本気の殺意を纏《まと》うオズワルドに「残念」と肩を竦《すく》めながら、レノアは過去に思いを馳《は》せる。

――レノア・ヒルトンには二つの顔がある。

表向きは王子様の妻を夢見る、愚かで頭の緩い王国の子爵令嬢。

しかしその実体は、西方諸国連合のスパイとして送り込まれた諜報員《ちょうほういん》だ。

レノアは西方諸国連合で名のある悪党だった。色仕掛けを主流とするスパイとして大陸を渡り歩くレノアは西方諸国連合に逮捕され、恩赦の代わりに任務を命じられたのだ。

彼女の役割はオズワルド・ヒルトンの子女としてジェレミー・アウグストに近付き、『東方の蛮族』と呼ばれるアウグスト王国の実態を調査、軍事機密を盗み出すこと。

反王妃派のサロンに潜伏していたレノアは、ベアトリーチェ《第一王子の婚約者》の父であるラプラス侯爵が王妃から離れたがっていることを知り、接触。アウグスト王国征服後の地位を保証することを条件に内通者に仕立て、情報面や物資の面で支援をしてもらった。

(こちらの動きに気付いた王妃から逃がしてくれた時は本気で助かったわ)

脱出後、レノアたちは故国の軍隊を案内する役を仰せつかり、艦隊と共に舞い戻ったのだ。

「それにしても簡単な任務だったわ。特に印象的だったのはあのジェレミーの婚約者を蹴落とす時ね。ベアトリーチェだっけ？　あのブサイクな女の悔しそうな顔といったら！」

ぞくぞく、とレノアは火照る身体をよじらせた。

「もう可愛《かわい》くって……もっともっと虐《いじ》めたくなっちゃったもの♡」

「あれでも内通者の娘だ。手を出すなよ」

「ねぇねぇ、あの子、父親に婚約破棄を仕組まれてたと知ったらどんな顔するかしら」

「話を聞け、無法者……はぁ。そろそろ着く。私語を慎むがいい」

魔導砲台を載せた三〇隻の戦艦がラプラス侯爵領、グランディルの街に近付きつつある。

この船はたった一隻で西方諸国の戦争を変えた虎の子だ。

もはやアウグスト王国は首根っこを押さえられたも同然である。

（たくさん死ぬだろうけど……ま、ワタシちゃんはお金が貰えればなんでもいいわ♡）

ラプラス侯爵と接触していたのはレノアなので、彼から貰った情報の真偽を確かめるために軍隊に同行させられたのだ。仕事を疑われた分、報酬は割増しにしてもらわねばならない。

（オズワルドの奴《やつ》、いざという時はワタシちゃんに全責任を負わせるつもりね……あ、見えてきたわ）

夜半の港町は漁に出かける漁師たちの戦場だ。港に近付くにつれて漁港特有の騒がしさが聞こえ、夜にまぎれた艦隊の斥候部隊が彼らの息の根を止めにかかる——はずだった。

（……あら？　おかしいわ）

港まで残り数百メルトといったところだろうか。いくら月が出ていない夜とはいえ、港町には灯《あか》りが点《つ》いていている。ここまで接近していれば、どんなに愚鈍でも気付けるだろうに。

——静かすぎる。

レノアがその違和感に気付いたのと、オズワルドが艦隊司令官と通信するのは同時だった。

にわかに騒がしくなってきた船上は、司令官の命令で帆を畳み、船を動かしていた亜人族がオールを置いて魔導兵器の作動に取り掛かる。レノアは背筋に嫌な感覚を覚えた。

これは、そうだ。『仕事』の時に何度も感じたことがある。

失敗の前兆、第六感の囁き。死の気配。

レノアは船のへりから身を乗り出した。海面をじっと見つめる。

夜の海は、水面も黒い。

僅かな動きと音だけが頼りの世界で、『何か』が動いた。

——黒塗りされた、小舟だった。

(敵襲……待ち伏せ……!!)

身を翻した瞬間、亜人族の兵士が船に飛び込んできた。

背後であがる小さな悲鳴、鈍い音、血しぶき、レノアは船室へ逃げ込もうと駆け出し、

「レノア!!　この小悪党め。我らを裏切ったな!?」

敵襲に気付いたのだろう。船室からオズワルドが出て道を塞いできた。

レノアは慌てて頭を横に振り弁明する。

「ち、違うわよ！　ワタシちゃんも完全に想定外だし！」

「だったらなぜ逃げる！　貴様ぁ……!!」

オズワルドが杖を振り上げたその時、

「――やぁ、ヒルトン子爵父娘《おやこ》とお見受けする。こうして会うのは初めましてかな？」

豚のように太った男が、レノアたちに声をかけてきた。

上等な軽鎧《けいがい》を身に着けた男は右手にレイピアを握っている。

口元に笑みが浮かんではいるものの、その瞳は怖気《おぞけ》がするほどに冷たい。

「やっぱりそうだ。ラプラス侯爵家の貿易船を使うと思ったよ。山カンが当たってよかった」

「貴様……まさか、豚公爵……!?」

「お前たちには、僕の大切な人に冤罪《えんざい》をなすりつけた大罪がある」

エメラルドの瞳が、ぎらりと煌《きら》めいた。

「覚悟しろ。たとえ神が許そうとも、僕の剣がお前たちを裁くと知れ」

「ハッ！　辺境の荒れ地に住む豚風情が、吼えてくれる！」

オズワルドは杖を掲げた。先端に魔石がついた魔術杖《ロッド》は、魔術の威力を大幅に上げてくれる優れものだ。どれだけ剣術に秀でていても、鈍重な身体のアルフォンスに勝ち目はない。

力ある言葉が石に秘められた魔力を引き出し、紅蓮《ぐれん》の業火を顕現させる。

（あーあ、死んだわね、あいつ）

レノアは嘆息した。確かにオズワルドは強い。西方諸国でも指折りの腕前を持つ彼は、今回のような重要任務を任せられることもうなずける実力者だ。

しかし、彼は間違えた。

本当に彼が勝利を目指すなら、目の前の男を捨てて他の船に移るべきだった。

「確かに僕は豚のように太っているし、デブだという自覚はあるけど」

レノアは嗜虐《しぎゃく》趣味だ。蹴落とした相手のその後も気になる性質《タチ》だ。

ベアトリーチェを蹴落としたその後が気になり、オルロー公爵についても調べた。

曰《いわ》く、その男は荒くれ者である亜人族を三日三晩倒し続けた。

曰く、見かけに騙《だま》されることなかれ。

曰く、その剣は——雷をも超える神速である。

「お前のような男に負けるほど、落ちぶれちゃいないつもりだよ」

決着は一瞬だった。

——紫電一閃《いっせん》。

「がぁ⁉」

豪速の突きが、魔術の発動を前にして放たれた。

すれ違いざまに五つもの刺し傷を作ったオズワルドは杖を取り落とし、ばたりと倒れる。

「ばか、な。この、豚如《ごと》きに……」

「お前の敗因は、ベティをあなどったことだ」

アルフォンスはレイピアについた血を払い、鞘《さや》におさめた。

見れば、既にガレー船の操舵に従事していた乗組員全員が亜人族の兵士に制圧されていた。

消音の魔道具を使ったのだろう。夜の闇にまぎれ、ほとんど音も立っていない。

『おい、どうした、何があった⁉　敵襲か⁉』

それでも異変は感じたのか、通信機から聞こえてくる艦隊司令官の声。

アルフォンスはレノアの首筋に刃を突きつけながら顎をしゃくる。

その意味するところを悟り、レノアはため息をついた。

「こちらレノア。問題ありません、司令官。船員の一人が船酔いで吐いたようです」

『そうか。オズワルドはどこだ』

「現在、敵襲に備えて準備をしています。二時の方向に影があったそうです」

『分かった。すぐに連絡をよこせと伝えろ』

通信終了。これでいいのかと、レノアはアルフォンスを見た。

「さすがはスパイ。言葉にせずとも分かってくれて嬉しいよ」

「武器を突きつけながら言われてもね……」

消音の魔道具で隠密性《おんみつ》を確保。黒く塗った船に亜人族を乗せ、まずは見張りを制圧。その後船員を制圧し、またたく間にオズワルドを屠《ほふ》った。アルフォンスの作戦はこんなところだろう。

（――これで彼らは、無傷の敵船を手に入れたわけね）

「ついでだ。このガレー船を動かしている仲間のところへ連れていってくれないかい？」

レノアはこの先に起こるすべてを察して降参の構え。

西方諸国のガレー船が魔導機関による推進力を使うのは魔の海を抜ける時だけで、普段は魔力節約のために亜人族の奴隷がオールを漕《こ》いで動かしている。

西方諸国で家畜のように扱われている彼らが、亜人族で構成された騎士団に助けられたらどう思うだろう。船の下部に降りたアルフォンスが発した一言は、レノアの想像通りだった。

「この船はアウグスト王国が制圧した。諸君には二つの選択肢がある」

片や、故国のために家畜として死ぬ道か。

片や、自由と尊厳のために戦い、一人の人間として生きる道か。


「同胞の解放を、約束しよう。我が国が勝利した暁には、相応の報酬も用意している」

「魔導兵器で旗艦を攻撃し、同士討ちを狙う。さぁ、友人たち——共に戦おうじゃないか」

「お前たちを踏みつけた傲慢な者共に、亜人の怒りを思い知らせてやれ‼」


亜人族たちは顔を見合わせ、笑い、頷き合う。

アルフォンスの掲げたレイピアの切っ先が、神託の如く空に雷を走らせた。

「さぁ行こう。自由と尊厳のために‼」

「オォォオオオオオオオオオオオオオオオオオ‼」

エピローグ

アルが乗っ取った魔導戦艦が味方を攻撃し、解放された亜人たちが味方を襲い始める。

次々と解放されていく奴隷たちの声は、船内で虐げられる亜人族を勇気づけた。

真夜中の開戦から数時間、白み始めた空の太陽の日差しに私は目を細めた。

臨時の作戦司令部とした町長の館、そこに慌ただしく騎士たちが駆けこみ――。

「ご報告申し上げます！　西方諸国連合の魔導戦艦三〇隻、すべて掌握!!」

「捕虜多数！　残存戦力も制圧完了！」

「我々の勝利です!!　ベアトリーチェ様、やりました！」

わっ、と爆発的な歓声が司令部を揺らし、みんなが近くにいる人とハグを交わした。

私もシェンと一緒に笑みを交わして、それからおそるおそる問いかける。

「あの……アルは？　ちゃんと無事なの？」

「ご安心を。すぐにこちらへ戻ってきます」

「……そう。良かった」

それを聞いてようやく、私の肩から力が抜けた。

戦争の指揮なんて執ったことなかったけど、たくさん勉強しておいてよかった。

（……おっと。気を抜いている場合じゃないわね）

むしろ私の仕事はここからだ。私は居住まいを正して仕事を再開する。

「イヴァール騎士団長。被害報告を」

「魔導兵器と思われる砲門五〇台を確保。こちら側の負傷者多数、死者も数名出ました」

「……了解。負傷者には手厚い治療を。亡くなった人の遺族には必ず弔慰金を送るように手配しなさい。元気な者には十分な酒とお肉を用意して待ってるわ。みんなで宴《うたげ》にしましょう」

私が指示を出すと、司令部にいた全員が跪《ひざまず》いた。

「「「公爵夫人の仰せのままに」」」

「こ、公爵夫人……そ、そうよね。そういうことになるのよね」

私は熱くなった頬をあおぎながら目を逸《そ》らした。

この戦いに勝利したことで王妃様との契約は果たした――晴れて自由の身というわけだ。

司令部を出て朝日に目を細める。退避指示を出したから町民たちはおらず、白い石畳の道を兵士たちが忙《せわ》しなく行き交っている。私は補給品を運ぶ人波の中に、見慣れた姿を見つけた。

「パトラ！」

声をかけると、向こうもすぐに気付いたようだ。仲間に一声かけてこちらに駆け寄り「あんた、この馬鹿！」とパトラは指先で胸を突いてくる。

「三日前に手紙が届いたと思ったら！『一〇〇〇人分の糧食を用意しろ』だなんて無茶すぎんの

よ！　あんた、エルバリア商会《ウ　チ》を使い走りかなんかだと思ってんじゃないでしょうね⁉」

「いい取引先だと思ってるわ。おかげで稼げたでしょう？」

「それはそうだけど。さすがにこの案件をウチで独占するとやっかみがあるから、いろんなところに声をかけて掻《か》き集めてきたし、そのおかげでいろいろ貸しもできたけど、だからってねぇ！」

「私の大事な友達だもの。これからも頼りにしてるわね」

「〜〜〜〜っ、ふ、ふん。しょうがないわね……まったく。次から事前に知らせなさいよ！」

「善処するわ」

「そこは断言しなさぁい‼」

パトラのお小言を聞き流していると、不意に肩を掴《つか》まれた。

「やぁ、お嬢さん。こんなところを一人で歩いていたら危ないよ？」

「……へ？」私は思わず目を丸くする。

聞き覚えのある声だ。ちょっぴり安心する声。

けれど振り返った先にいるのは見覚えのない、プラチナブロンドの髪の爽やかな青年だった。

「あの……どなたですか。気安く触らないでもらえますか」

「僕だよ、僕。夫の姿を忘れちゃったの？」

「はぁ？　私のアルはふくよかな身体《からだ》で抱き心地が良くて、あなたみたいに細身じゃ……」

私は端整な顔立ちをまじまじと見つめ、ようやく気付いた。

「……もしかして、アル？」

「うん。ただいま、ベティ」

「え、えぇえええええええええええええええ！」

不覚にも、私は貴族にあるまじき大声をあげてしまった。

「ど、どうしたんですか、その身体。お腹《なか》の肉は⁉　まさか奴《やつ》らの攻撃で変身を⁉」

「違う違う、元からこういう体質なんだよ。激しい運動をしたら痩せるんだ。尤《もっと》も、すぐに元に戻っちゃうんだけどね」

「そ、そうですか……」

（これはこれでカッコいいけど、なんか前のほうがいいような……）

私の気持ちが伝わったのだろう。アルは「くっ」と笑いを堪えるように口元を押さえた。

「この姿を見た人は大概、ずっとこっちでいてくれなんて言うものだけど。君は違うんだね」

「私がす、好きになったのは太っちょのほうのアルなので……こっちもカッコいいですけど」

「ありがとう。そんな君だから、僕は頑張れたんだ」

突然腕が伸びてきて、私は抱きしめられた。

「ただいま、ベティ」

「おかえりなさい、アル。無事で良かった」

「うん、君の作戦のおかげだ」

「二度と総司令官が前線に出ようなんて思わないでくださいね。まったく……」

「ごめんごめん。お詫《わ》びといってはなんだけど、君にお土産がある」

お土産？　戸惑う私の手を引いてアルがやってきたのは捕虜を収容する施設だ。

元は漁業の競り市に使われている大きな空間の一角、厳重に縛られている女がいる。

「あぁ……なるほど、お土産、ですか」

「うふ。まさかワタシちゃんに引導を渡しに来たのが、あなたとはね」

鎖でがんじがらめにされた女性――レノア・ヒルトンは忌々しげに私を見上げた。

「社交界の渡り方はお粗末だったけど、戦の才能があるとは思わなかったわ」

「レノア。こうして会話するのはあの時以来ね」

丁寧に結われていた桃髪はぼさぼさで、身体中のあちこちに痣《あざ》がある。

夜会で出逢《であ》った時と同一人物に思えないほど、ふてぶてしい雰囲気があった。

「それで、ワタシちゃんはどうなるの？　死刑かしら？」

「本来ならそうなるでしょうね」

王国法に則ればそうだ。貴族の権威のためにも彼女を死刑にと望む声は大きいだろう。

だけど、それじゃあもったいない。

「ねぇレノア。あなた、私に雇われない？」

「……はい？」

「せっかく西方諸国の事情に通じているんだし、ラプラス商会で働かないかってこと。あっちの国に潜入しろとまでは言わないけど、地理にも詳しいあなたがいたら助かるのよね」

レノアは愕然《がくぜん》としているようだった。

「……正気？　ワタシちゃんは敵よ？　またいつ裏切るか分からないのよ？」

「別に構わないわ。その時はあなたの似顔絵を世界中にバラまいて指名手配するだけだし。間違った情報を持ち帰ってるかどうかは、ラプラス商会に確かめさせればいい。それにね」

お父様が調べ上げたレノアの情報を思い出しながら私は口元を吊りあげた。

「あなたはお金に対しては誠実だと思うのよ。貰《もら》った対価に対してきちんと仕事をするタイプ。そういうタイプは私好みだし、信用できるわ。今回も最後まで逃げなかったわけだし」

「……逃げられなかっただけよ」

「そう？　で、どうする？」

レノアは数秒、私を見つめ、やれやれとため息を吐いた。

「いいわ。雇われてあげる……ワタシちゃんを信じるなんて抜かしたの、あなたが初めてよ」

「じゃあ交渉成立ね。詳しい賃金交渉はあとでいいかしら。戦後処理が山積みなのよ」

「構わないけれど……ずいぶん元気ね。あのデブに嫁いで心が折れたかと思ったのに」

「あら。アルはカッコいい人よ？　私、そこだけはあなたに感謝してるの」

レノアがいなければアルには会えなかったのだし。

「いやぁ、照れるね」

「うふふ。事実ですから」

レノアは愕然と目を見開き、私とアルを交互に見つめた。

「もしかしてあなた、オルロー公爵？　嘘《うそ》、さっきと別人じゃない！」

「同一人物だけど」

「え、えぇ……ね、ねぇ！　そこの雇い主よりワタシちゃんにしない？　これまで培った経験で最高の御奉仕をお約束するわよ？」

「おあいにく様。僕はベティ以外に興味ないんだ」

アルのレノアに対する態度は冷たい。

「ベティはこの世界で一番可愛《かわい》いからね。他の女性なんて目に入らないよ」

「ア、アル……もう、大袈裟《おおげさ》なんですから」

「な、なんで⁉　ワタシちゃんのほうが」

「さぁ、そろそろ行こうか。みんなが待ってるからね」

「ま、待ってよ。待って。ねぇ待ってってってば～～～～！」

（ところであの子、捕虜の自覚あるのかしら？）

私はやかましいレノアに苦笑しつつ、アルと共にその場をあとにした。

すぐにでも退避命令を解かなければならず、オルロー公爵騎士団は大わらわだ。

港町の住民にも戦勝報告が行われているだろうし、もうじき宴が始まる。

そんなことを考えていると、私たちの前に一台の馬車が走り込んできた。

（……あぁ、やっぱり見てたわよね）

馬車の窓が開き、扇子で口元を隠したジョゼフィーヌ様が私たちを見下ろした。

「今回はよくやったわ、二人とも。まさかここまでの戦果が得られるとは思わなかった」

挨拶も抜きに告げられた言葉に、私は目を瞑《つぶ》ってカーテシー。

「私たちの結婚がかかっていますから」

「……その言いざま。いっそ清々《すがすが》しいわね、ベアトリーチェ」

すべて見透かしたかのように、ジョゼフィーヌ様が皮肉った。

私は懐に入れてある手紙を上から押さえながら、お父様に感謝の念を送る。

そう、今回の戦果はすべてお父様のおかげである。

『私は西方諸国連合の内通者だ。すぐに戦争が始まる——お前が指揮を執るんだ』

これが、お父様の言い遺した言葉だった。

ラプラス侯爵家は西方諸国連合との貿易を任せられているから、耳が早い。

お父様はもうずいぶん前に、西方諸国連合がスパイを送り込んでいる情報を摑んでいたのだ。

ラプラス家が運営する商会には西方諸国連合の実態を調査するという役割もある。

実際に何人もの職人が向こうへ留学しているし、あちらの有力商会とはかなり懇意にしているから、そういった情報を摑んでもおかしくない環境にはある。

兎《と》にも角《かく》にも、お父様は反王妃派のサロンに潜入し、王妃を嫌っていること、この国に不満を持っていることをアピールして、王族とのパイプを欲しがっているスパイを釣りあげたのだ。

そうしてオズワルドたちと出逢ったお父様は西方諸国連合の内通者となった。

彼らの出した条件は私の婚約を破棄させてレノアとジェレミーを繋《つな》ぐこと。

お父様にとっては渡りに船で、さぞ痛快な気分だっただろう。

どういう理由で私とジェレミーを引き離すか悩んでいたらしいから。

お父様は彼らの信用を得たあと、領地を担保にした借金で戦力を強化する魔道具を買い集めた。

そして来《きた》るべき戦争の時。彼らが通る場所に待ち伏せし、魔道具で音を消しながら敵艦を制圧する。『海王』の生態を知っているということは、艦隊がこちらに近付くタイミングも予測できるということだ。あの情報を渡すことこそ、最大の罠《わな》だったのだ。

艦隊を沈められたとあれば、西方諸国連合も慎重になり、今のような攻勢は控えるはず。

向こうがどういう判断をするかは分からないが、講和まで持ち込めれば最高の結果である。

そういったお父様の意図が、枕元に隠されていた手紙に書いてあった。

「まんまと狐《きつね》に化かされたわ。あの男のどこにこんな能力があったのかしら」

「お父様は……同時にいろんなことをできるほど器用な人ではありませんでした」

領地や商会運営のように多方面に目を配ることに、お父様は絶望的に向いていなかった。

なまじ根が真面目だからあれもこれもやろうとして失敗することが多かった。

「その代わり、一つのことを突き詰めさせれば爆発的な力を発揮する人でした」

「そうね。その方法は、お世辞にも優れた方法ではなかったけれど」

ジョゼフィーヌ様は目を瞑り、

「ラプラス侯爵は内通者オズワルド・ヒルトン子爵と相討ち、戦死した」

「え？」

「彼は事前にヒルトン子爵の陰謀を知り、伝手《つて》のある貴族から資金を得て来る戦争の時に備えた。その結果、彼はアウグスト王国の歴史を変える戦果を挙げるに至った」

「王妃様、それは……」

私の目にじわりと涙が浮かぶ。王妃様は扇子を閉じながら言った。

「あたくしは行いではなく結果を評価する。問題があったにせよ、彼のおかげでアウグスト王国が救われたことは事実。彼の名は王国史に語られる英雄として知れ渡るでしょう」

あなたの冤罪《えんざい》も晴らさないとね。王妃様はくすりと微笑《ほほえ》み……え、笑った？

「これから忙しくなるわよ、ベティ、アルフォンス」

啞然《あぜん》とする私たちをよそに王妃様は窓を閉じる。

「これからは公爵夫妻として力を貸しなさい。すべては王国と民のために。もしもあなたたちが国に害をなすと見なせば容赦なく潰すから、そのつもりで。じゃあ、またね」

王妃様を乗せた馬車はあっという間に去っていく。

「……伯母上のあんな顔、初めて見た」

「私もです。あんな柔らかい顔もできるんですね、王妃様も」

私たちの人生を弄んだ王妃様も、根が悪人というわけではないのだろう。

ただ、彼女と私たちでは見る場所、定めた在り方が違うだけで。

「伯母上に認められたからには、盛大に結婚式を挙げないとね、公爵夫人？」

「そう、ですね。その前に片付けなきゃいけないことが山ほどありますけど」

ラプラス侯爵領のこと、傭兵団《ようへいだん》のこと、フィオナのこと、戦後処理に領地経営……。

結婚式の手配をしていたら寝る暇がなくなるような気がするが、気のせいだろうか。

「君ができないところは僕が補うさ。そのための夫婦だろう？」

王太子妃教育の二の舞には絶対させないと、アルが意気込んでくれる。

（……そうね。私はもう、一人じゃないものね）

何もかも一人でやろうとして私は失敗した。でも今は違う。パトラは大切な友達だし、フィオナは可愛いし、シェンの淹《い》れるお茶は最高だし、もふもふの楽園に帰るべき家《オルロー公爵領》がある。

何よりアルは。この人は私を裏切らないと確信できるから。

「一緒に頑張ろう、ベティ」

「はい」力強い手を握り返しながら、私は笑った。

「それじゃあ、どんどん稼ぎますか！」

Fin.

あとがき

「こんなことなら、あの時言ってくれればよかったのに」

人生で一度でもそんな言葉を口にしたことはありますか?

私は何度もあります。ついこの間も家族と夕食に行くことになったのですが、私は焼肉だと知らずお昼ご飯をいっぱい食べてしまいました。夜になっても焼肉が入らないほどお腹がいっぱいだったのです。先に言ってくれればお腹を空けておいたのに、と恨めしく思ったものです。

こんなことは軽いもので、人間関係で同じようなことを思った方もいるのではないでしょうか。

あの時言ってくれればもっと違う行動が出来たのに。

あの時言ってくれればもっと気遣いが出来たのに。

人間とは厄介なもので、胸に秘めた気持ちを言葉にするのが難しい時があります。

それは心の弱さだったり、見栄であったり、あるいは相手への気遣いが理由かもしれません。

ただ口にすれば一言二言で終わる話かもしれない。

相手と心を通じ合わせることが出来るかもしれない。

一言で済む話なのに、秘めた想いのせいですれ違いが生まれ、諍《いさか》いにも発展してしまう。

人間ですから、そんなことの一度や二度は経験したことがあるのではないでしょうか。

じゃあ言いたいことを言えばいいのかといえばそれも難しく、相手を傷つけず、いかに自分の考えを伝えるかに四苦八苦する毎日です。

だからこそこうして筆を執り、物語を紡いでいるのかもしれません。

ご挨拶が遅れました。

はじめまして、あるいはいつもありがとうございます。山夜《やまや》みいです。

今回のお話はいかがだったでしょうか。

このお話を書いたのが一年半前なので、こうして書籍になると感慨深いものがあります。

ぽっちゃりでカッコいいヒーローが読みたいと思って書き始めると、ベティをはじめ愉快な人たちが次々と出てきて、いつの間にか壮大な物語に発展していました。

特にパトラは、早く出さないと落第点をつけるぞと夢の中で脅されたものです。

そうして形になった本作ですが、今回もたくさんの方々に助けられました。

まずイラストレーターの桜花舞《おうかまい》先生。

とても素敵なキャラデザ、そして美麗なイラストの数々、ありがとうございました！

桜花先生の描くイラストはどれも世界が息づいていて、絵の中から飛び出してきそうな力がありました。イラストが上がるたびに画面に目が引っ張られ、ベティ達の人生を切り取った絵に釘付けになっていました。桜花先生とお仕事が出来て光栄です。またぜひお願いいたします！

そしてコミカライズ担当の猫洲《ねこす》先生、素敵なコミカライズありがとうございます！

ネームが上がってくるたびにワクワクしています。

原作のいい部分を抽出し、漫画として仕上げていただきとても感謝しています。

クリスマスに一枚絵を描いてくださった時は嬉しくて飛び上がりました。

本作のコミカライズは現在も連載中です。

講談社のアプリPalcyやpixivコミックで掲載がありますし、単行本も一巻が発売しております。

ご興味がある方はぜひお手に取っていただけたら嬉しいです。

そして本作を送り出してくださった編集部の方々。

担当のM様ならびに校閲の方々、いつもありがとうございます。

私の至らない部分でご迷惑をおかけしたかと思いますが、今後ともよろしくお願いいたします。

最後になりましたが、本作を読んでくださった読者の方々。

皆様のお力があるからこそ生きていられます。

いつも本当にありがとうございます。大好きです。


それでは、今回はこのあたりで。

またどこかでお会いしましょう。

山夜《やまや》みい

Kラノベブックスf

成《なり》金《きん》令《れい》嬢《じょう》の幸《しあわ》せな結《けっ》婚《こん》

～金《かね》の亡者《もうじゃ》と罵《ののし》られた令嬢《れいじょう》は父親《ちちおや》に売《う》られて辺境《へんきょう》の豚公爵《ぶたこうしゃく》と幸《しあわ》せになる～

山《やま》夜《や》みい

2024年4月30日第1刷発行

発行者　森田浩章
発行所　株式会社 講談社
〒112-8001　東京都文京区音羽2-12-21
電　話　出版　(03)5395-3715
販売　(03)5395-3605
業務　(03)5395-3603
デザイン　ナルティス（井上愛理）
本文データ制作　講談社デジタル製作
印刷所　株式会社KPSプロダクツ
製本所　株式会社フォーネット社

KODANSHA

ISBN978-4-06-535722-4　N.D.C.913　330p　19cm
定価はカバーに表示してあります

ファンレター、
作品のご感想を
お待ちしています。

あて先
〒112-8001　東京都文京区音羽2-12-21
(株) 講談社　ライトノベル出版部 気付
「山夜みい先生」係
「桜花舞先生」係

Kラノベブックスf

冤罪令嬢は信じたい
～銀髪が不吉と言われて婚約破棄された子爵令嬢は暗殺貴族に溺愛されて第二の人生を堪能するようです～

著:山夜みい　イラスト:祀花よう子

アイリ・ガラントは親友・エミリアに裏切られた。
彼女はアイリの婚約者である第三王子であるリチャードを寝取ったのだ。
さらに婚約破棄され失意に沈むアイリに、
リチャード暗殺未遂の“冤罪”が降りかかった。
すべてはエミリアとリチャードの陰謀だったのだ――。
真実を消すためにふたりはアイリのもとに暗殺者を送り込むが……
「死んだことにして俺の婚約者として生きるといい」
暗殺者の正体は国内最高の宮廷魔術師と名高いシン・アッシュロード辺境伯で、
彼はアイリに手を差し伸べ――。